# PORTRAIT CRACHÉ

du même auteur
au **cherche midi**

*Mont Afrique* (roman, 1999)
*Hollande* (poèmes & peintures, 2003)
*Place des Savanes* (roman, 2011)
*Brouillard* (roman, 2013)

aux éditions Le temps qu'il fait

*La vallée de Misère* (poèmes, 1987, 1997)
*Les contes bleus du vin* (chroniques, 1988, 2011)
*Sarah, feuille morte* (roman, 1989)
*L'épreuve du jour* (enfantine, 1991)
*Fond de cale* (roman, 1991)
*Récits incertains* (mélanges, 1992)
*Faubourg* (poèmes, 1997)
*Le Noël du cheval de bois* (conte illustré, 1997)
*Rue des Remberges* (prélude, 2003)
*Revermont* (poèmes, 2009)
*Les périls de Londres* (avec des photographies de Sylvie Doizelet, 2010)
*Autres séjours* (poèmes, 2010)
*Le très vieux temps* (poèmes, 2012)

aux éditions de La Table ronde

*Un été dans la combe* (roman, 1993)
*Il est minuit depuis toujours* (essais, 1993)
*Plis perdus* (mélanges, 1994)
*Un voyage en automne* (récit, 1996)
*La légende des petits matins* (roman, 1996)
*Cavale* (roman, 1997)
*Boléro* (roman, 1998)
*Autres arpents* (chroniques, 2000)
*Ange Vincent* (roman, 2001)
*La pluie à Rethel* (roman, 2002)

*(Suite p. 6.)*

Jean-Claude Pirotte

# PORTRAIT CRACHÉ

Roman

cherche midi

*La boîte à musique* (poèmes, 2004)
*Chemin de croix* (peintures, sur des poèmes de Sylvie Doizelet, 2004)
*Une adolescence en Gueldre* (roman, 2005)
*Un bruit ordinaire* suivi de *Blues de la racaille* (poèmes, 2005)
*Absent de Bagdad* (roman, 2007)
*Passage des ombres* (poèmes, 2008)
*Le promenoir magique* (poèmes, 2009)
*Ajoie* (poèmes, 2012)

## chez d'autres éditeurs

*Goût de cendre* (poèmes, Georges Thone, 1963)
*Contrée* (poèmes, Georges Thone, 1965)
*D'un mourant paysage* (poèmes, Georges Thone, 1969)
*Journal moche* (essai, Luneau-Ascot, 1981)
*Lettres de Sainte-Croix-du-Mont* (L'Escampette, 1993)
*Un rêve en Lotharingie* (récit, National Geographic, 2003)
*Dame et dentiste* (poèmes, Inventaire/Invention, 2003)
*Fougerolles* (poèmes, Virgile, 2004)
*Expédition nocturne autour de ma cave* (récit, Stock, 2007)
*Avoir été* (poèmes, Le Taillis Pré, 2008)
*Cette âme perdue* (poèmes, Le Castor astral, 2011)
*Vaine pâture* (poèmes, Mercure de France, 2013)
*Gens sérieux s'abstenir* (poèmes, Le Castor astral, 2014)
*À Saint-Léger suis réfugié* (poèmes, L'Arrière-Pays, 2014)
*Une île, ici* (poèmes, Mercure de France, 2014)



Direction éditoriale : Pierre Drachline


23, rue du Cherche-Midi
75006 Paris

*Pour Enora*

*Mais les gens s'acharnent sur les paresseux.*
*Tandis qu'ils sont couchés, on les frappe, on leur jette*
*de l'eau fraîche sur la tête, ils doivent vivement ramener*
*leur âme. Ils vous regardent alors avec ce regard de haine,*
*que l'on connaît bien, et qui se voit surtout chez les enfants.*

Henri Michaux, *Mes propriétés*

*L'homme est conduit, lorsqu'il croit se conduire,*
*et pendant que par son esprit il vise à un endroit,*
*son cœur l'achemine insensiblement à un autre.*

François de La Rochefoucauld, *Maximes*

*Et que suis-je ? Qu'un atome dans un rayon ?*

Joseph Joubert, *Carnets*

La paralysie faciale a déformé ses traits. Pour parler de lui, il convient de trouver un ton objectif, ce qui n'est pas si facile. Il est sourd de l'oreille gauche, le préciser est déjà entrer en lui comme par effraction. Il n'est plus jeune, loin s'en faut, et son esprit commence à vagabonder.

Sur cette petite table encastrée contre le mur, à la droite d'une bibliothèque dont les étagères sont presque dépourvues de livres, on remarque peut-être d'abord la boîte à rouler les cigarettes, le cendrier, le tabac fleur du pays numéro 6, Wervik, dont l'arôme serait censé être typiquement belge, et puis le paquet de feuilles rizla croix, *world's n° 1*, qui proclame l'art de rouler, *the art of rolling* à la manière, dirons-nous, d'un chanteur de jazz.

La table est élégante, avec ses pieds torsadés et son entretoise où quelquefois l'homme pose un pied. Le parquet est assez luisant, signe d'un entretien constant. Sur la table on peut voir aussi des briquets de formes et de couleurs diverses, une tasse de verre contenant du café que l'on suppose refroidi, un portefeuille aux coins élimés, des mouchoirs en papier. La lumière du jour pénètre dans la pièce spacieuse mais peu pourvue de meubles par de hautes fenêtres sans protection, ni rideaux ni tentures. L'homme boit le café froid et se penche sur un livre écorné. C'est la *Ballade de la plage aux chiens* de José Cardoso Pires dans la traduction française de Michel Laban. L'homme se souvient de Lisbonne, *ô meu amor*. Les sirènes d'ambulances et des voitures de police se répondent comme des coqs, mais il n'y a pas de coqs dans cette ville écrasée de chaleur, qui n'est pas Lisbonne, hélas.

L'homme se tient un moment immobile sur sa chaise paillée, il médite. Où se situe Lisbonne dans ma mémoire qui frôle la perdition. Je me trouve assis à une terrasse de la rue Augusta, tous les matins, de cela je garde le souvenir précis. Ce que je bois ? Du porto blanc sec.

Il s'empare de la rouleuse, se fabrique une cigarette qu'il n'allume pas. Il attend mais le souvenir ne va pas plus loin, tourne en boucle, se refuse et s'éteint. Souvenir, bougie perdue.

L'homme avale avec peine une gorgée de café. Quelques gouttes s'échappent de la commissure gauche de ses lèvres, qu'une grimace permanente déforme, paralysie oblige. Même fumer est devenu difficile.

À la gauche de l'homme, deux planches posées sur des tréteaux supportent quelques livres et des carnets à couverture noire. Que contiennent ces carnets, peut-être l'homme lui-même l'a-t-il oublié. La grande pièce où il se penche, accablé, prostré, sur la petite table bureau, a l'air presque déserte. Cependant, une autre table à tréteaux affublée de deux sièges dépareillés s'y trouve, et deux fauteuils en rotin dont la présence semble incongrue et confère paradoxalement à l'espace un surcroît d'impression de vide. L'orage ou la mort, murmure-t-il. Avec une moue, il extrait de dessous la table une bouteille dont il porte à ses lèvres le goulot. Un observateur croirait d'abord à du vin. Mais la bouteille est un récipient en plastique, galbé, surmonté d'un bouchon bleu, et qui porte l'étiquette Vichy Célestins. L'homme boit, maladroitement, ses lèvres laissant couler une partie du liquide sur son menton. Ensuite il rallume la cigarette et se concentre sur l'art devenu précaire pour lui de fumer. Il observe le rideau d'arbres du parc, d'une immobilité inquiétante de végétaux statufiés, qui envahit les fenêtres. Le ciel est d'un bleu féroce, et pas une feuille ne frémit.

L'homme parle seul, dans le vide. Je devrais, dit-il, procéder au recensement des douleurs. Et il éclate d'un rire amer. Il fait trop chaud pour entrer en soi-même et mesurer l'avancée du mal. Mieux vaut s'en tenir à une immobilité parente de celle des arbres du parc. Il roule une autre cigarette qu'il allume avec difficulté : la cheminée tire mal, dit-il. Vous fumez, ont demandé les oncologues, qui devinaient la réponse. Oui, depuis soixante ans. Eh bien, ça ne change rien, vous pouvez continuer.

J'avais douze ans quand j'ai vraiment commencé par le cigarillo. Le grand-père m'a initié. Et puis j'ai fugué vers la Hollande et ce furent des cigarettes à bout doré, d'une âcreté de cheminée d'usine.

L'homme est d'une maigreur que nous qualifierons d'intéressante, la cortisone l'ayant privé – ou quasiment – de ses muscles, il reste un squelette bien dessiné, qui conserve une peau juste un peu fripée aux articulations.

L'homme observe les arbres dont le feuillage se dessèche sous la canicule. Mais lui commence à transpirer, je sèche à l'intérieur, dit-il. L'habitude de se parler à lui-même est, depuis des années, ancrée en lui comme une seconde nature. Les mégots déjà s'accumulent dans le cendrier de faïence, une espèce de bol en principe destiné à un autre usage.

La canicule pénètre maintenant par tous les interstices. L'homme, qui ne tient pas tellement à survivre, s'abreuve cependant par de minces rasades d'eau de Vichy, démentant ainsi son étrange (ou habituel ?) besoin d'être mort. Il s'est cru poète, longtemps, mais ne s'accommode plus de pareille illusion. Il se sait condamné, mais est-ce bien nouveau ? J'aurai vécu en compagnie de la mort depuis ma prime enfance, pense-t-il avec une espèce de joie maligne. Et je crois la connaître, mais je me trompe encore. Elle joue tellement de mauvais tours aux naïfs. Et aux faux poètes qui prétendent en maîtriser – ou du moins en reconnaître – les approches. Cette canicule, par exemple, n'est encore qu'un signe de mort. Et je m'échine à lui résister, comme si cela devait m'apprendre quelque chose de moi-même – en face d'elle. Je n'ai rien appris. Tout à l'heure, quand le soleil sera au zénith, je me coucherai et j'attendrai, comprenant que la vie n'est qu'une longue attente de rien. J'aurais dû devenir prosateur et me gargariser de mes aventures sans lendemains. « Cela est encore une aventure », dit-il en examinant le fouillis de branches et de feuilles consternées par le climat excessif. Une procession d'imbéciles au volant corne à tout-va en passant sous les fenêtres, dans la rue du Rempart. Est-ce bien nécessaire de rendre par le bruit intempestif la chaleur encore plus lourde. On se marie, grand bien vous fasse. Et n'oubliez pas de fêter le divorce, le jour venu, sous les crachins de l'hiver. Ou dans la neige, qui recouvrira tout de son blanc linceul, comme on dit, dans les livres des anciennes veillées.

L'homme s'essuie les lèvres avec des mouchoirs en papier dont il fait grande consommation, paralysie faciale oblige. Sa langue voyage dans sa bouche, impuissante à avaler les gouttes de café qui s'échappent par la gauche, et que les lèvres ne peuvent retenir.

Il s'efforce de se parler à lui-même de sa voix déformée, qu'il ne reconnaît pas. *Je est un autre*, donc. Et puis cet œil, cet œil dont la paupière ne se ferme plus, l'œil de Caïn, celui d'Abel ? Je suis mon propre meurtrier, et ma propre victime. *L'œil était dans la tombe*, oh la délicieuse image. Prendre son parti de cet œil, j'ai toujours été observé, fût-ce par moi-même, et sans cesse j'ai tenté de fuir l'observateur. Le café a refroidi, le Vichy tiédit, l'œil demeure. Le paquet de fleur du pays est en train de s'aplatir, la rouleuse fonctionne, les mégots se chevauchent.

La dureté des temps ne recèle aucune surprise. L'homme se tâte le front. Il a chaud, de plus en plus chaud, jusqu'à ce que le suaire de sueur se glace sur son corps. Il croit avoir inventé l'expression *suaire de sueur*. Peut-être, après tout. Ce n'est pas bien malin. Il est à jeun, il fume, la matinée prend le large.

Nous sommes le lendemain, ou un autre jour. Cela n'a plus d'importance depuis des semaines, des mois déjà. Il n'y a plus dans la mémoire qu'un bouleversement d'années perdues. Rien n'est plus inconsistant que le souvenir. La vie, proclame l'homme, est une cheminée qui fume. Or il déteste les formules. Il aime les œuvres auxquelles un trait d'inachèvement confère le mystère. Et voilà la vie, celle de Joubert le tant aimé, qu'il convient de relire sans cesse.

Sans l'amitié de Chateaubriand, que seraient devenus les carnets de Joubert ? L'œuvre même aujourd'hui ne touche que les initiés. L'homme, dans son logement désert, ne possède qu'une édition d'un choix de pensées, celle de Robert Poulet. Il regrette de n'avoir pas emporté l'édition complète de Beaunier, dans laquelle il se plongerait et dériverait jusqu'à la mort. Mais les deux tomes volumineux du Beaunier sont loin, dans la maison de Saint-Léger que la maladie l'a contraint à quitter. Rien n'est plus triste que d'être privé d'un livre de chevet, à l'approche de la fin. Se contenter de peu est devenu une vieille habitude. L'homme ne peut sourire que d'un coin des lèvres. Sa tête est douloureuse, et cela devrait cesser de l'inquiéter. Il a pris, croyait-il, son parti de la douleur. Son parcours hospitalier l'a blindé, croyait-il aussi, contre quelques avanies. Mais cela n'en finit pas. Un mal à peine apaisé, un autre surgit. Apaisé, apprivoisé, inclus dans la série des accessoires de la survie. Tant que j'en suis à souffrir ici et là, je survis. Savoir si cela m'agrée est une autre question.

Il a voulu méconnaître longtemps les avatars de son corps. Enfant, il cultivait son mal-être tous les matins avec l'espoir qu'un peu de fièvre le dispenserait de l'école. Il soufflait naïvement, en cachette, sur le thermomètre. Subterfuge assez vain. Mais il est vrai que la perspective du long enfermement dans une classe suffisait à provoquer des nausées. C'était aussi un jeu, en quelque sorte, seulement destiné à tromper les adultes. Il faut reconnaître qu'il réussissait parfois, jusqu'à se faire renvoyer au lit. Il souffrait vraiment, davantage dans son esprit que dans son corps. L'école était un épouvantail, et les matins se présentaient avec toutes les perspectives du calvaire. La maladie aujourd'hui impose des réveils prématurés. C'est la douleur diffuse, dans le crâne ou ailleurs, qui interrompt le sommeil.

Il s'est préparé du café sucré. Le mal sourd, derrière l'oreille droite, un peu plus haut, s'impose peu à peu, et puis d'autres maux se répandent dans le corps, et se répondent. Seule la première cigarette, fumée difficilement par la bouche tordue, lui rappelle les instants matinaux anciens, aveu du temps où son corps se tenait encore droit à la perspective d'une journée nantie de tous ses possibles. En fumant, il ne peut empêcher des filaments de salive de s'échapper du coin gauche de ses lèvres. Boire est encore plus difficile, mais il s'obstine. Quelques gouttes de café, ou même un filet de liquide, s'écoulent sur son menton, qu'il tamponne avec un mouchoir.

Il examine le rideau d'arbres du parc, et constate qu'un peu de vent le secoue mollement. Le ciel par-dessus est du même bleu foncé que la veille ou l'avant-veille. Il faudra de nouveau souffrir d'une chaleur qu'il qualifie tout haut (il parle seul, de sa voix désaccordée) de méphitique. Il en est à sa troisième cigarette.

Il va dans la cuisine se resservir du café. Déjà il a les doigts gras de ce liquide trop sucré dont il ne réussit à avaler que des demi-gorgées, faute de maîtriser la fermeture de ses lèvres. Les mouchoirs en papier poisseux s'accumulent dans la corbeille en osier qui se trouve à sa gauche, au bas de la table. Il se prépare une quatrième cigarette. La vieille rouleuse ne chôme pas. Il se souvient soudain de l'endroit où il l'a achetée. C'était à Montpellier, il revoit le petit débit de tabac, étouffant et sombre, où une vieille dame aux allures de gitane lui en a proposé divers modèles, à sa grande surprise. Mais il tient à la marque rizla croix, dont le galbe est idéal.

– Vous fumez ?

– Depuis soixante ans.

– Eh bien, continuez, ça ne change rien.

*Bis repetita.*

C'est ce qu'a dit l'oncologue, que ça ne changeait plus rien. Seconde nature, celle du fumeur. Doit-il en vouloir à son grand-père, qui l'a initié au cigarillo ? Certes non. Et maintenant que la pratique du tabac devient quasi clandestine, il se réjouit de pétuner encore, contre vents et marées. Moyen certes dérisoire d'affirmer toujours une tranche de liberté, une révolte sans gloire, une fidélité à un passé massacré. Il croit pouvoir s'habituer à tout, sauf à la privation de tabac. Encore que lors de ses séjours à l'hôpital, il ne soit pas question de fumer. Bizarrement, dans cet endroit, le manque ne le trouble guère. Mais il s'arrange pour dormir davantage, malgré les infirmières qui ne cessent de le houspiller. L'hôpital c'est comme l'école primaire, jadis. Rester plongé en soi-même, faire barrage à la faveur de son silence intime. Lire un peu, si possible, la nuit, le peu de nuit qui lui est accordé.

Mais au début de son dernier séjour, son esprit vagabondait, incapable de se rendre compte des lieux où il se trouvait relégué. Son esprit, son corps réduits à une espèce de folie nerveuse. Il ne se souvient que d'une scène où il se revoit arpenter les couloirs en quête d'un familier à qui parler de sa détresse – une détresse un peu souriante lui semble-t-il, comme inventée pour les besoins de la cause. Quelle cause ? Quelqu'un à qui parler, c'était cela qu'il cherchait.

Dans un hôpital, trouver à qui parler relève de la gageure. Seul un jovial brancardier, qui se trouvait là, non loin du bureau des infirmières, lui a tendu une oreille attentive – et amusée. Mais l'a tout de même pris au sérieux en le reconduisant gentiment à sa chambre, en l'aidant à se calmer et à se coucher. En lui prêtant même son téléphone cellulaire, dont il s'est servi, mais les souvenirs s'estompent. Il faisait à peine jour, il ignorait si c'était le matin ou le crépuscule du soir. Et puis c'est l'oubli.

Il ne s'est rendu compte que plus tard – le lendemain ? le surlendemain ? – qu'il avait été bien proche de la mort. Sa température corporelle était de trente-quatre degrés et quelques centièmes, son seul rein ne fonctionnait plus, il était parfaitement déshydraté. En somme, sa démarche en cet étrange lever du jour, devait être celle d'un fantôme.

Et que vivent les fantômes. Il avait survécu.

Il vient à peine de se lever que la douleur sournoise, là, en arrière et un peu au-dessus de l'oreille droite, se réveille. Il sait que s'il se recouchait, il n'aurait aucune chance de se rendormir. Il faut vivre éveillé, tenter de tenir en respect les avanies du corps. Relire et relire Joubert, par exemple, non pour oublier, mais pour se retrouver.

Mais dehors, soudain, quatre étages plus bas, il y a un énorme boucan. Un ouvrier municipal s'occupe des feuilles mortes (la vague de chaleur affecte aussi les arbres du parc), ratisse au moyen d'une espèce de pompe électrique le trottoir qui longe la clôture. On ignore si l'engin avale les feuilles ou les repousse en tas. Un coup d'œil par la fenêtre ne nous apprend rien. L'ouvrier est presque invisible d'ici. Le café refroidit, le tabac commence à manquer. Il faut rouler des cigarettes plus fines, faire des économies, se préparer à la privation. La narine gauche, du côté de la paralysie, ne cesse de couler. Peut-être est-ce un signe de rémission, comment savoir. La corbeille déborde de mouchoirs en papier.

Soudain le silence s'est réinstallé, jusqu'à ce que quelques lointains cris d'enfants le troublent. Bientôt ce sera le boucan, les hurlements. Vacances, mort aux vacances. Mais moi aussi, pense-t-il, je suis en vacances. Pas encore mort – éternelle vacance –, mais si proche de l'être. Il pense cela mais n'en croit pas un mot, tellement il demeure accroché à ce qui lui reste de vie. On ne pourrait même pas dire : d'existence.

Simplifions, simplifions toujours. D'une minute à l'autre, le monde change. Moi je veux rester ici, immobile et imputrescible. Vain espoir. Il suffirait pourtant que je cesse de m'alimenter. Il joue déjà à faire le mort. Mon corps m'aide beaucoup. Il s'aperçoit ainsi qu'il n'est qu'un corps souffrant, un corps simplement voué à la pourriture. Un corps que déjà pourrissent de l'intérieur les métastases. Les humains réputés *bien portants* se détournent de ce corps, voire le prennent en grippe, s'en écartent, cherchent à l'oublier. Il y a lieu de craindre la contagion, les mourants sont contagieux pour l'esprit. Le silence et la mort sont frère et sœur.

L'homme est aussi privé d'une bonne partie de ses entrailles. On dirait qu'il s'absente par morceaux. L'ablation d'un rein cancéreux d'abord, il y a des années. Bien plus récemment, l'amputation des viscères. L'artérite des membres inférieurs le prive quasiment de la faculté de marcher, si ce n'est d'un coin à l'autre du logement. Il y a plus de douze ans qu'il s'est aperçu qu'il était le jouet de ce que les médecins appellent « claudication intermittente ». Humour sans doute involontaire. Il s'agissait de se rendre à pied de la rue Corneille, le long de l'Odéon, à la rue du Cherche-Midi, un parcours on ne peut plus facile. Mais à mi-chemin, ses jambes cessaient de se mouvoir, muscles tétanisés. Obligé de se réfugier sans délai à la terrasse d'un bistro de la place Saint-Sulpice. Le tabac te bouche les artères, se disait-il. Et il se roulait une cigarette, l'allumait et aspirait le plus profondément possible la fumée en regardant passer les élégantes. Le vin blanc qu'il avait commandé était aigrelet, le ciel secoué de nuages pâles. Une fine sensation de repos non mérité le faisait sourire, et l'inquiétude se dispersait.

Il s'octroyait un second verre afin de, se disait-il, marcher sur ses deux jambes. Car la douleur se transformait en tiraillements de plus en plus légers, au point de le convaincre qu'il ne s'était guère agi que d'une alerte sans conséquence. Alors il reprenait la route avec la conscience tranquille, persuadé que ses jambes reposées le porteraient à destination. J'étais si naïf, pense-t-il aujourd'hui que tout déplacement de plus de quelques dizaines de mètres lui est interdit.

À l'heure du coucher, il examine ses pieds d'une blancheur suspecte. Il les tâte et constate qu'ils sont glacés malgré la canicule. Il n'ignore pas que la gangrène les menace, et qu'il est trop tard sans aucun doute pour rétablir la circulation sanguine.

Il faut marcher, répète son ami médecin. Mais où marcher lorsque la réclusion perdure ? Cesser de fumer ne sert plus à rien, le mal est fait. La vie consiste à se faire mal, à se laisser envahir pas tous les maux jusqu'à la perdition. Forcer les limites du destin n'a aucun sens, et le plaisir de se croire invincible ne compense pas la douleur de survivre – ou de mourir – à petit feu.

J'irai mieux demain, ou après-demain. Cet espoir n'en est pas un. Il le sait. La dégradation, aussi lente en apparence soit-elle, ne se heurte plus à aucun barrage. Il ne convient cependant pas de se laisser aller. Des formes inattendues de vie se révèlent encore, venues des profondeurs. Chaque âge a ses plaisirs, murmure-t-il avec un grincement dans la voix déformée. Je me suis levé trop tôt, mais comment faire pour dormir. Il n'était que six heures au soleil. La chaleur semble avoir rendu les armes. Mais les bruits de la ville sont presque aussi entêtants. Et les chocs mystérieux que l'immeuble diffuse.

Comme tout cela est ennuyeux. Le calme, où donc est le calme ? Au moins l'absence de soleil a-t-elle un effet légèrement apaisant sur le parc voisin, qui semble en cette matinée débarrassé (pour combien de temps ?) des enfants hurleurs. Je me sens cependant de plus en plus mal et personne n'y peut rien, dit-il, car il essaie de parler à haute et intelligible voix. Et que personne ne soit là pour l'entendre ne l'empêche pas de ressasser.

Il est à peine debout que la douleur entre en scène. Et la paralysie interdit d'avaler les gros comprimés d'analgésiques. Ce qui ne l'empêche pas d'espérer toujours un sursis. Qu'est-ce que cet espoir insinuant qui malgré la patente dégradation de son corps circule toujours en lui parmi les mouvements d'un sang raréfié.

La veille, un ami resté fidèle, lui a déposé les caisses de livres abandonnées dans son ancien logement devant la mer. Il ne verra plus la mer, n'entendra plus le cri des mouettes, ne respirera plus les sautes de vent de la côte. Mais les livres l'entourent à nouveau, formant barrage à la déréliction. Je n'ai pas ouvert toutes les caisses mais déjà les étagères, à la droite de sa petite table, contiennent enfin quelques précieux volumes. Il y a Nerval et Maurice de Guérin, Montaigne et Marcel Arland, Gaston Bachelard et Henri Thomas en vrac. Aussi le cher Reverdy et le *Journal* de Stendhal, dans un désordre qu'il qualifie de joyeux. Voici de quoi lire et relire, pourvu qu'il garde la vue. Ce sont, depuis l'enfance, les livres qui lui ont assuré la vie. Qui lui ont ouvert tous les domaines d'un univers sensible dont les surprises heureuses ne se sont pas dégradées. Il retrouve ici une minime partie de sa bibliothèque, et c'est une joie sans mélange, même si l'essentiel restera loin d'ici, dans la maison de Saint-Léger que la maladie l'a contraint à quitter, et qu'il craint de ne jamais revoir. La veille, en début de soirée, il a pu rouvrir *La Vigie* de Marcel Arland. Il a pu constater que l'enchantement était intact.

«Je reprends une part de ma vie, où je me sens toujours engagé. À peine y étais-je entré, il me sembla que j'étais né pour elle, et je remerciai mon destin.»

Il fait sien dès l'abord la fluidité du style, ce léger tremblement des mots annonciateur d'une émotion sans pareille. On ne lit plus Arland, on ne lit plus personne, plus aucun de ces écrivains dont la parole feutrée défie le temps. Il y a là pourtant cette douceur cruelle, cette attente, ce paysage qui constituent le secret révélé des existences. Et la lecture prend le pas sur la douleur, on dirait presque qu'elle la maîtrise, sans cesser de l'évoquer par un silence habité. La littérature, que le monde aujourd'hui méprise, est la seule sauvegarde. Il suffit de quelques lignes souveraines et modestes, et le ciel change de couleur. Il y a comme un parfum de résurrection (mais comment exprimer cela sans emphase ?) qui réveille les sens et apaise le cœur. Les mots vont bien au-delà d'eux-mêmes, et leurs échos nourrissent l'esprit qui était *en proie aux longs ennuis*, et qui s'éveille enfin donnant les images salvatrices. Il faudra certes mourir, et la perte, le pressentiment de la perte, rendra plus précieuse encore la remémoration des pages lues. Jusqu'à la dégradation programmée, mais sait-on quelles paroles accompagnent les mourants ?

Si j'approche à grands pas de la mort, se dit-il, au moins suis-je porté par le flot serein de la *parole* littéraire. La seule digne d'être écoutée, recueillie, présentée aux dieux anciens comme l'offrande de ce qu'il y a de plus pur dans l'esprit. Mais saurons-nous préserver ce petit coin de lucidité jusqu'à l'instant final. Hélas.

Profitons de ce que la douleur, prémonitoire du pire, s'estompe un peu pour nous plonger dans ce vaste univers du livre et de l'émotion dont nous venons d'être quelque temps privé par les soins carnassiers de la médecine.

Je ne suis qu'un lecteur, dit-il. Et je retrouve ici mes enthousiasmes d'enfant et d'adolescent. Mes longues soirées de découvertes et de voyages immobiles. Qu'ai-je encore de commun avec cet adolescent ? Bien des choses, au fond, à commencer par le don d'émerveillement, la curiosité, la hâte de lire et lire encore.

Et puis, à mesure qu'avance la journée, revient la douleur qui se tient à l'aplomb du crâne, comme on imagine une sangsue, un insecte qui perfore, un clou poussé par un marteau. On résiste à l'envie de se recoucher. On fume (« ça ne change rien »). On vide la cafetière. On se lève, ou quitte une chaise pour un fauteuil d'osier. Mais on n'est à l'aise nulle part.

Dans huit jours, les instruments de l'imagerie médicale montreront les tumeurs, le nerf facial dégradé, toute la tête. On ne peut s'en prendre à personne, il n'y a de coupable des agressions que notre propre existence, le goût du malheur peut-être. Car on a prévu tout cela, confusément.

Peu à peu, l'homme fait corps avec son personnage. Un jeu de miroirs imaginaires le renvoie sans cesse à lui-même et le laisse interdit. Le voici obligé de se voir enfin tel qu'il est devenu. Ce n'est plus seulement son visage défiguré qui l'effraie (alors que récemment encore il le faisait sourire). C'est un ensemble d'agressions divergentes contre lesquelles il s'avère impossible de lutter.

Mais c'est encore un nouveau jour et la formule ironique à laquelle il se conforme chaque matin s'impose : *primum bibere*. D'abord boire, mais de l'eau, afin d'assurer à son seul rein insuffisant une survie précaire. Et du café, la seule boisson nerveuse qu'il s'autorise. La première cigarette, le parcours de la nicotine dans ses organes diminués. Le premier poème, s'il en est capable, car il s'est toujours cru poète, ce que conteste ce qu'il lui reste de raison. À l'aide d'une drogue assez douce, mais qui, à la longue, perturbe la mémoire, il réussit à dormir plus ou moins la nuit. Ce n'est pas le cas lorsqu'il est hospitalisé. Les nuits sont plus longues, et le sommeil se refuse. Alors il s'endort le jour, ce que lui reproche le personnel soignant. Vous n'êtes pas *normal*, lui dit-on. Non, il n'a jamais été « normal », pour peu que la « normalité » existe.

Enfant, il s'appliquait à refuser le sommeil. Il préférait le rêve éveillé à la perte de conscience. Dormir lui semblait un gaspillage de temps. Le sommeil ne le gagnait – ne gagnait son combat – qu'aux premières lueurs de l'aube, qui chassaient les fantômes familiers. Les personnages de romans, les créatures hybrides de l'imagination. Plus tard, l'enfance accomplie mais non perdue, il est devenu l'animal nocturne dont il avait rêvé. Il reconnaissait en lui la liberté des félins ou des loups. Et la nuit se trouvait *habitée* comme jamais. Elle multipliait les possibles à l'infini. Il pouvait vivre

*La Tradition de minuit* de Mac Orlan, enfin. Le mélange de pureté souveraine des lieux interlopes l'avait conquis, et la littérature donnait aux lumières et aux artifices des heures sans soleil leurs lettres de créance. La littérature ouvrait la porte des bars clandestins, où la vie secrète d'une humanité féconde se réalisait. Il tournait aussi les pages d'un roman noir au cours duquel de fulgurants moments de vérité l'éblouissaient.

Il se ménageait ainsi plusieurs vies, dont aucune ne lui paraissait médiocre ou superflue. Car il vivait aussi le jour, masqué, désinvolte et bien éveillé, traînant dans son sillage une multiplicité phénoménale de possibles. Tour à tour, ou en même temps, acteur et témoin, il engrangeait les images et battait les cartes d'un jeu dangereux dont il apprenait vite à déchiffrer les arcanes. Observateur pointilleux d'une pègre indécise, il hantait les tapis francs et les arrière-salles protégées où les parties de passe anglaise et les conciliabules mystérieux confèrent aux acteurs le douteux prestige d'un théâtre d'ombres. Voire de la cruauté, pensait-il en évoquant Artaud.

Il vivait ainsi de nombreuses vies par procuration, et ne fut donc pas étonné de se retrouver lui-même, l'innocent, l'objet des foudres de la Justice, un jour où précisément son innocence était la plus pure. Son exploration forcenée des lieux où se rassemblent les asociaux et les animaux dangereux l'avait mené tout droit à l'inculpation d'association de malfaiteurs. Condamné par des juges prévaricateurs, il s'empressa de fuir en se dérobant à l'exécution d'une peine prononcée pour des faits qu'il n'avait pas commis.

Il s'agissait maintenant de protéger sa liberté. Le doux mot de « cavale » était dans l'air du temps. Il suffisait de saisir l'occasion de lui donner un sens nouveau. Ou inattendu. Sa double ou triple vie romanesque devait prendre une direction inédite. Le long voyage clandestin s'amorçait.

Pour connaître cet homme, encore faudrait-il avoir vécu sa vie – ou ses vies. Or il s'éloigne et se perd dans les méandres d'une géographie bouleversée.

Aujourd'hui qu'il est soumis aux métastases et à la réclusion, que reste-il ? Une forme édulcorée de romanesque obsolète. C'est dans les livres, et avec les livres, que j'ai vécu, dit-il encore, dit-il toujours. La révélation de l'enfance n'a rien perdu de son étrange luminosité. De cela au moins il tient la certitude. Les livres le relient à tous les passés mémorables, et ce qu'il a négligé de lire constitue un avenir, car les livres font échec au temps. Les voies de la découverte, en dépit de l'âge, ne cessent de s'ouvrir à sa curiosité. Aussi physiquement diminué soit-il, l'univers de la lecture ne cesse de s'ouvrir à lui, ménageant en dépit des avanies du destin les portes dérobées d'une intime jouissance. Maintenant que des dizaines de volumes tous précieux l'ont rejoint dans ce logement de la dernière heure sans doute, il se sent à nouveau rassuré, presque euphorique, et les manifestations de la douleur semblent se raréfier, voire disparaître. Que cela se révèle plus tard une illusion ne le contrarie pas. Les livres sont des analgésiques. Il leur attribue ce rôle d'adoucisseurs de la maladie avec une foi de prosélyte.

Réduit comme il l'est à la quasi-immobilité, il retrouve devant les rangs de volumes la sensation de mouvement dont il était privé depuis des mois déjà, dans le gîte proche de l'hôpital où le cancer l'avait contraint à se réfugier à grands frais. Certes des amis l'avaient généreusement aidé à surmonter la pénurie d'argent, et encore aujourd'hui sa pauvreté le corsète, mais elle se fait moins étrangleuse devant la présence active de la littérature.

Il se souvient que dans une grande librairie où il avait entraîné le jeune ami qui l'accompagnait dans sa fuite, il n'avait dérobé qu'un seul ouvrage – lui qui ne pratiquait pas le vol. Et c'était l'édition, dans la collection de Bernard Noël, de la poésie de Prevel, l'ami d'Artaud. À l'hôtel Royal, dont le barman était un ami, et où ils logeaient sous de fausses identités, il avait posé sur le comptoir du bar le livre volé comme un talisman. Pourquoi Prevel, il n'aurait pu le dire. En pensant à Artaud, certes, et puis le livre était là, solitaire parmi tant d'autres, négligé des lecteurs, presque incongru. La poésie n'avait déjà plus bonne presse depuis des années.

Lui-même se voyait un peu comme un suicidé de la société. Prevel, sa vie misérable en dépit de la présence obsédante d'Artaud, son destin de poète plus ou moins raté, inaccompli en tout cas, Prevel, il s'était soudain senti si proche de lui qu'il l'avait choisi entre tous. Plus tard, dans la grande librairie de la rue de la Liberté, à Dijon, il s'emparerait du *David* de Dhôtel, sans aucun scrupule. Poussé par la nécessité, on devient voleur, au diable les scrupules.

Il se souvient. Les livres sont des personnages aux multiples actes, à commencer par celui qui consiste à s'éloigner de la moralité commune. Ils furent de tout temps la nourriture des réprouvés. Le livre était présent avant d'exister. Aujourd'hui que l'ignorance et le mépris le menacent, il est redevenu ce qu'il doit être, le refuge des réfractaires, l'illusion bénéfique et agissante des déclassés, l'arme de plus en plus secrète d'une armée de l'ombre. Le livre survivra à l'humanité moribonde. Car seule la littérature – l'art en général, dirons-nous – est digne de maintenir l'homme au sommet de son humanité. Lieu commun des réprouvés, le livre scintille encore, en ce temps de barbarie exponentielle.

Je suis bien optimiste, se dit-il. Je ne parle qu'à moi-même, certes, mais j'entretiens par-dessus les siècles un dialogue riche et fertile avec mes frères inconnus, que je connais si bien. Et j'évite comme la peste les faux scribes de ce siècle déshonoré.

C'est encore un dimanche. Les semaines défilent, armée silencieuse. Il est très tôt, le Rempart est désert, le parc aussi, du moins ce qu'il peut en deviner derrière le rideau d'arbres. Il est heureux de voir Pablo Neruda déclarer qu'il ignore ce qu'est la poésie. Il aime partager depuis si longtemps cette ignorance. Il se sert un café léger, et rouvre le livre fermé la veille, alors que la nuit s'était installée, que les bruits s'éloignaient, que les hauts réverbères n'éclairaient qu'une artère brumeuse.

Il vérifie que l'appareillage délicat de la stomie, à droite du nombril, ne se dégrade pas. Je ne me suis, pense-t-il, jamais autant regardé le nombril. Un très étrange sourire, de ses lèvres à demi paralysées, déforme encore davantage sa face mutilée. Il fabrique et allume la première cigarette, qu'il glisse dans la commissure droite de sa bouche, et dont il tire avec difficulté les premières bouffées. À droite aussi, mais plus haut, sous le pariétal, la douleur sourde, quotidienne, s'est réveillée avec lui. Peut-être est-ce la tumeur du cervelet qui irradie. On ignore tout de la complexité de ses propres maux. Il sait qu'une prochaine cure de chimiothérapie le mènera peu à peu à la déliquescence. La précédente s'est révélée presque mortelle, son corps s'est brutalement refroidi, son rein (il n'en a qu'un) a cessé de fonctionner, les oncologues ont reconnu qu'ils n'avaient pas suffisamment pris en compte son état antérieur de fragilité. Nous savons déjà tout cela, et les affres de sa dernière hospitalisation. Emmené en ambulance, il n'avait même pas un livre avec lui. Il a compris qu'un jour les livres eux-mêmes le quitteraient. Aussi cherche-t-il sans cesse à leur rendre hommage. Ils sont la plus éblouissante expression du vivant. Il n'oublie ni la peinture ni la musique, mais il s'en croit définitivement privé.

Commencer la journée par la lecture d'un poème. La terminer aussi. L'emplir de ce mystère qu'est la poésie.

Les enfants dans le parc commencent à hurler. Se souvient-il d'une enfance que dominaient les hurlements ? Non, l'enfance était méditative, et d'une liberté intérieure qui semble aujourd'hui bien oubliée. Je radote, se dit-il à lui-même. Est-ce que je me trompe ? Non, il s'agit de cette discipline appliquée spontanément à soi-même, sans recours aux adultes, à la fois sereine et angoissée, porteuse d'un univers dont le flou peu à peu s'illumine en secret, sans aucun cri de joie factice. Les étés contemporains n'inspirent plus à l'humanité que le désordre et le boucan. Et l'enfance s'y précipite.

J'aimerais me tromper, pense-t-il. Et il ouvre un livre. «Faisons en sorte que la poésie que nous cherchons soit elle aussi corrodée par les devoirs de la main, mouillée par la sueur et envahie par la fumée, qu'elle sente l'urine et le lis éclaboussé par les différents métiers exercés dans et hors la loi.» Surtout hors la loi, cher Neruda. Dans le silence des conspirations, et la dignité des refus. Neruda évoque – en 1935 – l'œuvre des fabuleux potiers de son Amérique latine natale. Mais devine-t-il les futurs – et si proches déjà – méfaits du progrès ? Sans doute en éprouve-t-il le pressentiment. Plus tard, «à cinquante-trois ans, je n'ai jamais su en quoi consiste la poésie, ni comment définir ce que j'ignore». Il évoque une «substance obscure et en même temps éblouissante».

De l'art du potier à la pratique aléatoire du poète, il n'y a pas si loin. Mais il y a que l'une et l'autre se défraîchissent, et que l'industrie les saccage. Le prétendu progrès a d'abord mutilé le monde.

La douleur passe sans préavis du pariétal à l'occipital. Il est inutile de chercher à comprendre. Peut-être les prochains examens fourniront-ils une explication, qui résiderait dans la croissance anarchique des tumeurs. Ou autre chose de plus anodin. Mais l'homme est sans illusion, même s'il s'efforce de se comporter en vivant libre d'angoisses diffuses. Ce qui est un exercice en quelque sorte désespéré, ou utopique.

Mais la fréquentation des cancérologues, aussi charmants et attentifs fussent-ils, ne mène pas à l'extase poétique. On ne sait si leur réalisme pointilleux pourrait devenir la source d'un nouveau romanesque. Qu'ils espèrent guérir, ou soulager, à tout prix, leur confère une allure de dieux obstinés et bienveillants, qui ne manque pas de panache. Ils ont dès les premiers temps averti le malade que les soins qu'ils se proposaient, après concertation, de lui appliquer, ne le guériraient pas, mais au mieux permettraient de stopper l'évolution des métastases et de lui prolonger la vie de deux ou trois ans. La récidive du cancer est une attaque en règle, dont on ne peut guère que réduire si possible les manifestations. L'homme s'est incliné avec le sourire. Il s'attendait à cela, son pessimisme natif l'avait prévenu.

Étrange pessimisme, qui se transforme en confiance à la moindre occasion. Il vit avec le cancer, ou la prémonition du cancer, depuis des années. En somme, rien ne le surprend, comme il s'attend au pire depuis toujours. Son visage outragé, sa lèvre pendante, son œil obscurci ne sont que les signes patents d'une maladie universelle, dont il s'étonnerait de ne pas être la proie. Et sa demi-surdité ne fait qu'accroître la certitude qu'il éprouve de devoir encore et plus que jamais se préparer à mourir. En attendant, se dit-il, j'écris quelques poèmes aussi mortels que moi, dans mes multiples carnets.

Mais se prépare-t-on à mourir ? Ce serait toujours une de ces illusions qu'il ne peut s'empêcher de nourrir depuis l'enfance. Je peux même encore, pense-t-il, mourir d'une autre affection que le cancer. Car son corps est tout entier souffrant.

Écrire des poèmes est une seconde nature. Il le fait sans complaisance ni véritable espoir d'être jamais lu. Du reste, c'est d'abord à la lecture des poètes qu'il se consacre.

Depuis que ce logement a enfin accueilli une partie des volumes de sa bibliothèque dispersée, une vie nouvelle lui est donnée. La seule présence des livres lui confère un surcroît de vie, et tempère avec succès la morosité de l'exil. Il ne pourra jamais assez remercier l'ami qui, dans le coffre de sa voiture, a transporté la précieuse cargaison de volumes abandonnés, par la force des choses, dans des anciens logis, que la maladie l'a forcé aussi à quitter. Car il lui faut vivre maintenant à proximité de l'hôpital, coûte que coûte.

La pauvreté s'efface devant la richesse des livres. Il en arrive à oublier qu'il devra mendier pour payer le terme. Il a cessé de tourner en rond du matin au soir, ce logement est enfin *habité.*

L'absence de livres l'inclinait à voir tout en noir. Le rêve de lecture était loin de suffire, il n'avait d'autre conséquence que de plonger le lecteur frustré dans les affres de la pénurie. Il n'avait emporté, dans le véhicule qui les emmenait, sa compagne et lui, à plus de trois cents kilomètres de Saint-Léger, qu'un choix des carnets de Joubert, et les poèmes d'Henri Thomas. Soupçonnait-il que, six mois plus tard, il se retrouverait reclus dans un logement obligé, dans cette ville où il aurait aimé ne jamais remettre les pieds ? Mais après tout, c'est lui qui avait décidé de venir consulter ici, car en dépit du ressentiment qu'il éprouvait, c'est ici que pratiquait encore son vieil ami médecin, le seul à qui, selon lui, se fier. De même, il avait « pratiqué » cette clinique des années auparavant, alors qu'il souffrait d'un œdème pulmonaire. Il habitait Strasbourg, à l'époque, et s'était résolu à faire le voyage, atterré par la fièvre et la toux, amaigri, hors de lui.

Guéri, requinqué, il avait repris ses habitudes de dromomane et s'était lancé vers la Bretagne qu'il avait découverte lorsqu'il avait vingt ans.

Que cherchait-il, sinon à chaque déplacement une nouvelle vie, un flux inédit de poésie en somme. Hélas, Perros venait de mourir.

Mais la présence d'Henri Thomas, dans l'île de Houat ou à Quiberon, le rassurait, même s'il n'a jamais osé aller le saluer. Il se serait senti indigne et inopportun.

La douleur fait le tour du crâne et se déplace jusqu'à la mâchoire. Mieux valait, à Lorient, se fracturer le col du fémur en glissant sur le coin d'une table en marbre, dans le bar-tabac de Patrick, à l'heure de l'apéro de midi.

Il ne s'est encombré que de trésors immatériels. Non, pas seulement, si l'on considère – *quod non* – les livres comme un bien matériel. Et pour en transporter, des livres, alors là oui, il en a transporté, non pas seul souvent, mais avec l'aide d'amis de passage.

Partout où il posait son bagage – avec l'idée folle de se fixer – les livres l'entouraient, c'était une famille encombrante dont les membres ne cessaient de proliférer. Or, sans cette famille, il se sentait perdu, incomplet, mutilé.

Néanmoins, pendant les cinq ans et quelques mois de « cavale », alors qu'il changeait sans cesse de domicile clandestin, il en était réduit à la portion congrue de littérature. Sa condamnation, scandaleusement injuste, a tranché son existence en deux, mais faut-il admettre qu'il s'en est réjoui ?

Aujourd'hui que le cancer l'assigne à résidence dans cette ville où il est né par un caprice du hasard, quelques rangées de livres le rassurent sur son destin.

Mais il n'a pas envie de mourir ici. Et si cela devait arriver ? Ne s'est-il jamais à ce point senti mortel. Écrire des poèmes qui invoquent – ou convoquent la mort est puéril. Déjà, dans l'adolescence, il était hanté par cet étrange devoir qu'il entendait s'assigner : parler à la mort comme à la seule compagne. Il a donc vécu en cette compagnie. Si je parle de toi, ou plutôt si je te parle, pensait-il, je t'éloigne, je pose entre toi et moi la distance congrue, je t'éloigne en te considérant depuis ce piédestal de ma jeunesse, vieille mort féminine et fascinante. Jamais il n'a sérieusement envisagé le suicide. Mais il refusait aussi de s'imaginer l'âge, le grand âge. Or, le voici plus que jamais confronté à cette fatalité qu'il rêvait en termes fallacieux. Nous allons, lui disait un médecin, vous prolonger la vie de deux ou trois ans. Il avait eu envie de lui répondre : et après ? tant il se sentait encore vivant, alors qu'il l'était de moins en moins.

La chimiothérapie a tourné court après la septième séance. C'est alors qu'il s'est retrouvé à l'hôpital sans aucune réserve de vie. Le rein hors service, et la température du corps digne d'un cadavre récent. Les oncologues ont reconnu qu'ils n'avaient pas assez considéré la perversion de son état. La dose de chimie était trop violente, et lui-même, qui se réjouissait de supporter ses effets, s'était trompé, n'avait pas mesuré sa faiblesse, avait succombé.

Il observe par la baie vitrée la rue du Rempart déserte, le rideau d'arbres immobiles, et le ciel bleu qui semble encore annoncer un jour chaud, sinon torride. Le mal grignote son crâne, et rien, se dit-il, n'arrête sa progression. Il a composé un dernier recueil de poèmes, pas du tout dans sa manière. La mort n'y est présente que par éclairs, et encore. Ce n'est plus la même mort – comme si elle était plurielle !

Nous n'irons plus au bois, les lauriers sont coupés. De vieilles comptines lui trottent par la tête, c'est encore l'enfance qui cherche à ranimer sa mémoire. L'enfance où tout s'est passé, où tout nous ramène. L'enfance dont on veut croire qu'elle au moins n'a pas vieilli, qu'elle insuffle toujours au corps sa dose quotidienne d'imagerie inédite. Mais mon enfance, dit-il à mi-voix, est devenue testamentaire. Elle est un legs qui ne trouvera aucun successeur. Moi-même, si je suis son légataire universel, je n'ai plus la force de jouir de son patrimoine. Elle est là où je n'ai plus accès. Non, tu te trompes, tu serais déjà mort sans elle.

Serait-elle devenue la face cachée de la lune ? Va-t-elle m'aider à passer *de l'autre côté* ?

La clandestinité est propice au jeu, à la délinquance, et à la lecture. Dans sa planque de Rethel, il a peu à peu garni les murs de livres. Il existait encore, à Rethel, lorsqu'il y séjournait à l'abri, voici bientôt trente-cinq ans, une librairie inattendue qui vendait des livres pieux. C'était une vieille fille à l'allure de sœur converse qui la tenait. Et c'est là qu'il a déniché *La Relique* d'Henri Thomas. Le titre avait séduit la libraire, mais il était évident qu'elle n'avait même pas feuilleté l'ouvrage. Le titre seul lui semblait garantir l'orthodoxie du texte. Elle aurait été scandalisée si elle n'en avait lu que des bribes, en le feuilletant. La librairie, déjà obsolète à l'époque, périclitait.

Il s'était ainsi procuré l'œuvre d'Henri Thomas pour quelques francs, c'était une double jouissance de penser que ce mince roman aurait scandalisé la vieille libraire – qui, du reste, ne se contentait pas de vendre une littérature édifiante, mais aussi des objets religieux ou prétendus tels. C'était une boutique sombre et poussiéreuse dont la propriétaire n'allait pas tarder à mettre la clé sous la porte.

*La Relique*, et la plupart des œuvres d'Henri Thomas, se trouvent dans les rayons de son bureau, à Saint-Léger, si loin d'ici qu'il devait en faire son deuil. Mais il avait emporté les poèmes, qu'il relisait dans ses moments de faiblesse et de découragement.

Il se sentait aujourd'hui un peu plus vaillant. Les examens de la veille – imagerie par résonance magnétique, scanner, consultation dans le bureau du docteur V. – lui avaient appris que les marqueurs tumoraux se révélaient assez stables, bien loin de ce qu'avaient montré pendant l'hiver les examens sanguins. Son rein fonctionne, l'état des tumeurs ne s'était presque pas modifié. C'est encourageant, répétait l'oncologue. Lui-même était surpris, il s'attendait à une recrudescence en force des métastases durant toutes ces semaines où aucun traitement dur ne lui avait été infligé. Une nouvelle formule de chimiothérapie, moins violente, lui serait dorénavant appliquée, à partir de la semaine suivante. Les tumeurs, si elles ne régressaient pas, ne semblaient pas prendre le mors aux dents (si l'on peut ainsi s'exprimer).

Je m'embarque dans une nouvelle cure, pensait-il, et le paysage semble s'éclairer. Certes, aucune parade à la paralysie faciale n'est découverte, mais sait-on jamais.

Dans un couloir de l'hôpital, une petite fille avait observé son visage peureusement. Je fais peur aux enfants, donc. La petite fille en robe blanche avait serré la main de sa mère, et bientôt hâté le pas, tout en se retournant furtivement, pour s'assurer sans doute que cet homme croisé en ce lieu n'avait pas figure humaine. On fait d'étranges rencontres dans les hôpitaux.

Mieux vaut, certes, cette paralysie qu'une agression foudroyante du cancer, contre quoi lutter serait vain. On rencontre la mort à chaque coin de rue, ou de couloir. Peut-être la fillette a-t-elle eu l'idée confuse et soudaine de la dégradation du corps. Peut-être vient-elle d'alimenter un cauchemar. Elle a rencontré des visages blessés, des crânes entourés de bande Velpeau, des boiteux, des éclopés, des êtres vieillis en fauteuil roulant, mais aucun sans doute ne l'a surprise à ce point. Le seul exemple de paralysie faciale se trouvait là brutalement, assis le long d'un mur, le visage presque à sa hauteur de gamine grandie un peu vite, et les certitudes de l'enfance avaient été bouleversées. On peut l'imaginer. Il faut admettre qu'un bossu, un boiteux, un vieillard tremblant ne font pas le même effet, ne détruisent pas l'idée même d'un visage, la représentation que s'en fait une enfant protégée. Une enfant très observatrice.

Car il est impossible à ce visage de sourire amicalement. Le sourire, la tentation de sourire se muent en une grimace qu'aucun clown ne se hasarderait à tenter.

Mais j'écris sur le motif. Quel rapport entre la grimace et la canne ? L'œil gauche est bordé de rouge, le sang s'étrangle dans les membres inférieurs sous l'empire de l'artérite, dont il est, semble-t-il, trop tard pour atténuer les effets. Les méfaits du tabac, par ailleurs indéfectible compagnon de l'homme au visage dévié, doivent être irréversibles. Si le cancer ne le tue pas, les pieds, les jambes s'en chargeront. Y penser provoque une sourde angoisse.

Il y a tellement de menaces qui pèsent sur lui qu'il est devenu vain de s'en inquiéter. Un fatalisme de musulman serait une qualité à acquérir.

Il doit interrompre sa quête poétique afin d'assurer les soins quotidiens de sa stomie. Cela nous ramène chaque matin aux avanies du quotidien que viennent sans cesse bouleverser les obligations de survie. L'appareillage du ventre est une source incessante d'inquiétude.

Depuis l'amputation des viscères, des bourrasques de périls entraînent l'homme vers les ténèbres de la dépression. Ce sont des jours, des semaines, des mois qu'il a vécus sans poésie. Sans peinture. Prémisses, peut-être, lointaines de la paralysie. Une paralysie mentale plus terrifiante que celle du visage. Jusqu'à ce que les drogues anti-dépressives agissent peu à peu, il est resté prostré sous les tourbillons des mouettes. Il vivait près de la mer du Nord, la mer de son enfance. Et la mer avait perdu pour lui son pouvoir régénérateur. Les livres qui peuplaient son minuscule bureau n'éveillaient plus sa conscience. Il était en exil de lui-même.

En proie au cancer de l'esprit, il ne voyait ni n'entendait plus les ondes vivaces qui cependant l'entouraient. Devenu l'égale de sa décrépitude et de ses propres déchets, sa pensée ne se manifestait plus que sous la forme d'un seul désir, celui de ne plus avoir à vivre. Il ne s'est pas suicidé cependant. Son corps, qu'il avait trop méprisé, devait avoir en secret renoncé à guider sa conscience, tout en conservant les ressources mystérieuses de la résistance.

Il se souvient mal de cette période obscure, mais il entend encore les cris des oiseaux de mer. Il revoit le ciel marin, lumineux et mouvementé. Il en éprouve encore les pulsions de vide qui l'invitaient à s'anéantir.

Les métastases de l'esprit devaient avoir inspiré celles du corps. La conscience diffuse d'un *autre* mal avait soudain réveillé en lui, paradoxalement, l'envie de vivre. De ce passé, qui n'est pas si lointain, il recueille peut-être aujourd'hui le mal qui le tenaille. Les tumeurs ont foré leur chemin problématique en lui comme des rêves d'expansion. Et lui qui n'imaginait pas guérir d'une dépression s'empresse aujourd'hui de chercher le salut en espérant se débarrasser des récidives du cancer. La mort a cessé d'être une fiction. Elle se présente à nu, sans hardes ni cérémonie, devant un regard dessillé.

*Cancer* n'est pas un vocable poétique. Le personnage dont le portrait se dessine ici tant bien que mal cherche à évoquer le cancer par un autre mot, qu'il peinera toujours à découvrir.

Tous nous avons soif de reconnaissance. La maladie, en nous éloignant de l'anonymat commun, nous confère, croyons-nous, un statut individuel. La certitude d'être la proie du mal inspire au malade le sentiment bizarre d'être élu. Enfin différent, le malade tenu pour tel se détache du troupeau, s'imagine embrasser la condition du martyr, et se console de se retrouver différent, voire unique, puisque, selon lui, aucune maladie ne ressemble à sa voisine. Et surtout pas à la sienne. Cette pensée consolatrice se voit vite reléguée aux oubliettes de l'exclusion.

Mais la civilisation occidentale est un leurre. Transporté en Afrique ou en Inde, le malade en est réduit à la condition de paria. Et c'est bien à cette condition qu'enfant, le personnage espérait être voué. Car, enfant, il pensait la maladie comme la chance d'être solitaire et de pouvoir rêver. Le bonheur d'être abandonné de tous, et d'abord des parents, le transportait au comble de la vie. Cette illusion ne s'est dissipée que peu à peu, mais il s'aperçoit que, tenace, elle s'insinue encore, l'âge venu, à l'approche et l'installation du cancer.

«Je suis malade» était bien la première phrase que prononçait l'enfant à son réveil, à l'heure où il s'agissait de se préparer pour l'école. La mère, ou pire encore, la bonne, furieuse, le tançait d'importance, et comme la scène se renouvelait de jour en jour, il arrivait qu'il fût réellement malade, et qu'il ne jouît pas du bénéfice du doute.

Maladif, il l'était, certes. Mais on l'a très vite traité de simulateur. Jusqu'à ce qu'une inexplicable syncope, alors que debout comme ses condisciples il saluait l'entrée du maître, le projette au sol, à côté du banc qui lui était assigné.

Ramené chez lui, le médecin de famille, réputé pour son flair et sa gentillesse, l'examinait sous toutes les coutures sans découvrir la moindre cause à cet accident. Lui-même ne pouvait guère l'éclairer. Une violente et brutale douleur dans le bas-ventre lui avait fait perdre conscience. Mais aucun signe extérieur de maladie ne se manifestait. Toute douleur avait disparu, il se sentait heureux de devenir un objet d'inquiétude. Il avait onze ans, il en aurait bientôt douze. Il venait d'entamer la première année de lycée, et la syncope l'avait surpris alors que la classe se préparait à la première leçon de latin.

Le docteur Blès lui parlait de sa Hollande natale qu'il avait quittée clandestinement au début de la guerre pour entrer dans la Résistance, ses études à peine terminées. Pendant quatre ans, il avait réussi à échapper aux nazis. Tu vois, disait-il, il y a des miracles.

L'enfant, le presque adolescent, s'était entouré d'atlas où scintillaient les paysages d'un nord imaginé. Les cartes géographiques avaient entretenu ses rêveries, et voilà que les paysages de Gueldre s'éveillaient en lui comme l'approche d'une terre promise.

Les marqueurs tumoraux, qui avoisinaient le chiffre deux mille, ont subi une forte diminution. Ils se ramènent à un nombre qui demeure entre cent et deux cents. Vous voyez la courbe, dit l'oncologue. La dernière imagerie par résonance magnétique révèle que la tumeur de la mastoïde n'a pas évolué, et que celle du cervelet s'est à peine développée.

C'est encourageant, constate le médecin, qui propose une série de chimiothérapie moins lourde d'effets secondaires que la précédente. Mais toujours à base d'un produit que l'on appelle Avastin, qui s'est donc révélé efficace.

L'homme affligé de sa paralysie faciale acquiesce. Le temps, une fois de plus, va se fractionner en fonction des journées de cure. La chimie va dominer les semaines, les mois qui viennent. Les douleurs dans le crâne se précisent à nouveau. Le réveil est serein, on pourrait croire que toute avanie a disparu. Mais ce serait prématuré.

Tous les matins, il s'inflige un pensum : écrire au moins un poème, remplir peu à peu ses carnets comme si en dépendait sa survie. Il s'agit de repousser la mort, de la défier, d'en annuler les atteintes sournoises. La nuque raide, les lèvres torves, il s'installe à sa petite table sans un regard par la fenêtre où le rideau d'arbres change imperceptiblement de couleur sous le ciel trop bleu. Abandonner Saint-Léger pour soigner ces métastases et en dévier peut-être la progression était un crève-cœur. Nécessité fait loi, lui souffle à l'oreille une voix sans timbre dont il ne perçoit que l'ironie. À l'oreille droite car la gauche, qu'il espérait libérée, est retombée dans la glaise de la surdité.

Il entre dans le huitième mois de l'exil. Qui comprendrait que dans cette ville où il est né, il se sente plus étranger que partout ailleurs. Il mesure les souffrances de sa compagne, qui, elle, se rend régulièrement en Champagne et retrouve le paysage élu, qui est d'abord le sien. Donc il n'est pas si seul qu'il le prétend. Mais la solitude est une constante de son esprit.

La maladie – il faudrait dire les maladies – est une aventure solitaire. Discrète jusqu'à l'effacement, la compagne n'émet aucune plainte, alors que de cette maladie elle est en somme la victime désignée. Pendant que lui-même, impuissant, ne peut que s'en remettre à la survenance improbable d'un miracle. Non pas l'entière guérison, mais l'espoir d'être à nouveau en mesure de voyager et de retrouver le havre découvert sur les bords de la vallée de l'Aube. Un rêve, pense-t-il, mais qui peut savoir ?

Ce reliquat d'optimisme qu'il préserve avec opiniâtreté le rend certains jours presque euphorique. Serait-ce un simple effet de la cortisone ?

Il faut maintenant qu'il appareille sa stomie, qu'il se nourrisse tant bien que mal, qu'il s'abreuve sans cesse pour donner l'aliment vital à son rein menacé. Il faut qu'il se préoccupe de survivre dans ce brouillard moral qui l'entoure.

La cure de chimiothérapie ressemble à une longue attente. Les séances pour lui se répètent de quinzaine en quinzaine. Une impatience diffuse parcourt son corps. C'est que l'espoir demeure chevillé à ses organes encore sains. Et son esprit ne peut s'empêcher de rêver à une guérison cependant impossible. Une rémission, à tout le moins, figure au programme des oncologues. Le docteur V. ne ménage pas ses encouragements.

Dans le couloir réservé aux chambres où se pratiquent les injections, il retrouvera sans doute d'autres patients, qu'il a croisés lors de sa première cure. Le cancer est un inépuisable sujet de conversation. D'autant qu'aucune atteinte du mal ne ressemble à l'autre.

Étrange communauté d'espoirs souvent trompés. Les potences, où s'accrochent les poches des liquides injectés, n'invitent pas à la promenade. Mais à la patience. Les infirmières, pour la plupart, sont joviales et attentives. Elles veillent à ne pas traiter les malades comme des numéros, comme des êtres anonymes. L'hôpital, contrairement à beaucoup d'autres, à la réputation d'être *humain*. Ce n'est pas usurpé, du moins à l'étage des cancéreux.

On peut se retirer en soi-même ou engager la conversation avec le voisin ou la voisine de lit. Le dernier salon où l'on cause est peut-être là. Et pas seulement, surtout pas, de la guérison. Surprenant d'observer comme la plupart des malades qu'il a rencontrés parlent de leur vie comme si elle était à peine menacée. Une communauté variable se développe en une journée comme il arrive que cela se produise entre de très jeunes gens. En quelques heures, nous pourrons en apprendre sur l'existence d'un voisin davantage que si nous le connaissions de longue date. Mais il est vrai que, dans ce petit pays et cette ancienne province, les gens se montrent liants et souriants malgré toute menace. Le partage de la maladie défie le sentiment de solitude. Une humanité affligée, composée de toutes les couches sociales, se défend contre la terreur en partageant une intimité de hasard. Elle s'accorde quelques heures d'oubli des raisons pour lesquelles elle se trouve rassemblée.

Si j'étais romancier, pense-t-il, la *matière* viendrait à moi sans que je l'aie sollicitée. Mais je ne suis pas romancier, je ne suis qu'un homme rappelé à la vie commune par les confidences de ses voisins. Et je vis là quelques moments d'un oubli bienheureux en écoutant cet homme, ou cette femme, parler d'une vie sans fards. Une telle confiance inattendue le bouleverse.

L'humanité malade est riche de confidences et d'espoir, alors même que rôde la mort. Les échanges les plus simples, les plus anodins ou surprenants, tiennent quelques heures en respect son approche fatale.

Les longues heures de chimiothérapie, qu'il imaginait creuses comme un gobelet vide, se sont révélées pleines d'enseignement. Elles ont commencé par la rencontre d'une humanité, simple, dépouillée de ses masques, et résolue à accepter le cancer comme un avatar de l'existence. Il faut bien, disait un octogénaire, mourir de quelque chose. À mon âge, ça prend du temps.

Lui-même calcule que le cancer est là depuis bien longtemps, depuis l'ablation du rein, il y a près de trente ans. Ensuite, depuis un peu plus de quatre ans, l'amputation des viscères. Et maintenant la récidive. Il fait bien partie de la communauté fraternelle des cancéreux.

Si chaque humain souffrait d'une maladie grave, aurions-nous encore le courage de fomenter des guerres, des insurrections religieuses, des troubles de voisinage ? Mais oui, ce sont les peuples les plus soumis aux épidémies qui se révoltent, les peuples sont collectivement malades, et rien ne les retient d'aller à la mort sans phrases. Il s'agit aujourd'hui (comme jadis ?) de mourir pour rejoindre les jardins d'Allah, ou d'autres fictions morbides.

Le suicide individuel ou collectif est à la mode. En se suicidant, le terroriste invite (à son insu) l'humanité tout entière à l'imiter. Fanatique, il espère faire des émules dans les populations misérables, ou, simplement inconscient, il élève son geste à la hauteur du symbole. Les coupables sont ces financiers, ces dictateurs, ces fous de dieu, ces agioteurs, ces politiciens pour qui la mort n'existe pas. Le suicidé fanatique (dit-on) se borne à figurer ce rappel à l'ordre : la mort existe. Ce n'est pas le mal qu'il envisage, mais la prévention. Quant à ses commanditaires...

Je ne suis, pense-t-il, ni politologue, ni économiste, ni même historien ou journaliste, je me contente de la poésie, valeur obsolète en bourse. Ma foi en l'humanité s'est bien dégradée. Le progrès technologique a même annulé l'enfance. Je suis un décadent occidental, tout entier attaché à ses anciennes images, et ses vieux jouets. Au lieu de se diversifier et se compliquer comme il est d'usage depuis des siècles, le globe s'est racorni, le progrès se déplace en marche arrière.

Le voici donc cet homme avec ses métastases qui sont le reflet de celles de l'humanité.

Il a vécu sans se préoccuper des modes, ni des institutions qui déjà ne se soumettaient plus qu'à l'obscure routine du pouvoir. Il a regardé de loin les boursicoteurs et les techniciens s'emparer peu à peu d'une aveugle collectivité pour la métamorphoser en clientèle de bazar. Ils aspiraient en même temps le cerveau de l'enfance, afin de se faciliter la tâche.

Rien de plus simple que de prolonger chez l'adulte les effets d'un infantilisme insidieux. Un infantilisme appris au biberon. L'héritage naturel de l'enfance, le rêve et la liberté, ou le rêve de la liberté, s'est évanoui devant des jeux abscons. Le mal des écrans vient à bout de la lumière du ciel, avec une facilité déconcertante. L'enfant le plus rétif ne résiste pas à l'appel des sirènes fatales. Que ce soit par mimétisme ou par faiblesse crasse.

L'universelle entreprise de décervelage a gagné les campagnes les plus lointaines et les lieux les plus improbables. C'est le règne du Père Ubu.

Le cancer des âmes se répand plus vite encore que celui des organes du corps. L'homme dont je surprends l'image floue se débat sans espoir dans les rets du fatalisme. Cette image n'a aucune valeur boursière. S'il se laissait aller, une allégresse mauvaise s'emparerait de lui. À la poésie morte, cependant, il rend toujours hommage, comme à tous les rêveurs disparus, ou en voie de disparaître.

À quoi bon s'indigner devant un état de fait irréversible ? Du reste, pourquoi n'aurait-il pas tort de désespérer ? Il connaît de jeunes poètes reclus dans des lieux improbables, qui persévèrent. L'idée du suicide les visite. Ils n'y succombent pas.

L'homme boit son café matinal avec difficulté. Des gouttes s'échappent de la commissure de ses lèvres difformes, et viennent étoiler le poème de la veille, qu'il relit sans joie. Hier, il a reçu la visite du frère de sa compagne, qui lui a offert une édition complète des poésies de Maurice Scève.

*Vertu, heureuse et fidèle compagne,*
*Qui tellement me tient tout en saisine*
*Que quand le doute ou la peur, sa voisine,*
*M'accuse en rien, mon innocence jeune,*
*Que soupçon n'a aucune racine*
*Là où le vrai conteste à toute injure.*

Et le voici replongé dans la *Délie*, heureux et malheureux. Le hasard veut que Scève côtoie sur l'étagère l'œuvre de La Rochefoucauld et celle de Clément Marot. Promesse de longues heures de relecture, mais aura-t-il le temps ? Le classement de l'embryon de bibliothèque ne répond à aucun critère. C'est mieux ainsi, et cela réserve des surprises. Dans le logement vide il y a un mois, des livres sont venus faire pièce à la solitude. Non, à tout bien réfléchir, cet homme n'est pas seul.

Il a longtemps rêvé de composer sa propre anthologie de la poésie française. Mais à quoi bon ? Il a renoncé, conscient que ce choix est en lui, et qu'il serait vain de le partager. Avec qui, du reste ? Pendant qu'il relit Scève, il s'est mis à pleuvoir, le jour s'est obscurci, le silence est devenu plus grave. Ce sera donc bientôt l'automne, dont voici l'annonce en cette fin de mois d'août. Sera-ce son ultime automne ?

Mardi prochain commence une nouvelle cure de chimiothérapie. Plus douce, paraît-il, que la précédente qui l'avait laissé presque mourant, le rein dégradé, le corps glacé. Il ne peut que regarder passer les jours, en attente de quoi ? Il n'a jamais cru vraiment aux miracles, et cependant cette vie prolongée lui semble un miracle, en dépit des douleurs qui lui vrillent le crâne.

Il est temps d'appareiller la stomie, délicate corvée quotidienne, de se nourrir ensuite tant bien que mal. La pluie tombe raide, en fines gouttelettes serrées, sur les arbres immobiles, dans une grisaille porteuse de vieux souvenirs d'averses. La lampe de bureau est allumée. L'homme est penché sur son poème de la veille, et la *Délie* de Scève est ouverte au hasard, sur un coin de table. La pluie impose le silence.

Il ouvre au hasard les cahiers de *Né pour naître*. Pablo Neruda l'enchante à plusieurs titres. Sa résistance aux tyrans, espagnols ou américains, a fait de son œuvre un bréviaire. Et sa poésie, alimentée par ses pairs, et par les rigueurs de sa terre l'a élevé, sur les degrés de son amour du peuple, au rang de l'universel. Torga disait à peu près que l'universel est «le local dans les murs». Ce qu'illustre Neruda: «... le nom du Chili a grandi d'une manière extraordinaire. Nous sommes devenus pour le monde un pays qui *existe*.» Grâce à lui, Neruda, et à son ami Salvador Allende, dont on sait hélas le funeste destin, l'héroïsme et la probité.

La modestie de Neruda n'a jamais été démentie, et à son prix Nobel il n'accordait de valeur que dans la mesure où il l'avait reçu au nom du peuple chilien, et de tous les poètes: «Le monde des arts est un vaste atelier où tous travaillent et s'entraident, sans même le savoir et sans y croire. Et d'abord nous sommes aidés par les recherches de ceux qui nous ont précédés et il est bien connu que Rubén Dario n'existerait pas sans Gongora, Apollinaire sans Rimbaud, Baudelaire sans Lamartine, et Pablo Neruda sans eux tous réunis. C'est l'orgueil et non la modestie qui me fait proclamer que tous les poètes sont mes maîtres. Que serais-je, en effet, sans mes longues lectures, sans cette connaissance de tout ce qui s'est écrit dans mon pays et dans les univers de la poésie. »

Ces mots de Neruda, l'homme souhaite, a souhaité tout au long de sa vie, les faire siens. Mais en a-t-il le droit, et ne serait-ce pas chez lui simple et méprisable vanité ?

Hier, c'était la première séance d'une nouvelle chimiothérapie, moins violente que la précédente. La paralysie faciale n'est que le stigmate visible, pense-t-il, de son état de cancéreux profond. Mais la courbe des marqueurs tumoraux a considérablement régressé, ce qui réjouit l'oncologue et le motive encore davantage, s'il en était besoin. Quant au malade, il peut rêver d'écrire encore ses poèmes, et de découvrir dans ce siècle écrasé d'autres poètes vrais, qui ne se laissent aller à aucune concession aux modes intellectualistes, ou au « modernisme » qui se dégrade instantanément, à la première lecture.

Mais que lui manque-t-il ? De l'envergure, de la connaissance, du *tonus*. Il se reproche de n'avoir pas assez consacré son temps aux découvertes, aux recherches, même si depuis l'adolescence il n'a cessé de se familiariser avec ses aînés – et ses contemporains dignes d'être élus.

Les couloirs de l'hôpital sont remplis de poètes qui s'ignorent. Un espoir désolé marque les visages.

L'essentiel est dans tous les regards, mais manque la connaissance.

L'intuition de la mort est là, mais toujours couverte d'un voile. Or, sans la perspective ancrée en soi de la fin dernière, la poésie n'aurait aucun sens. C'est à la mort que nous parlons, quoi qu'il arrive. Mais sa présence nous hausse au-dessus de nous-mêmes, et rend la vie plus précieuse.

L'existence d'Armen Lubin, ballottée entre logis provisoires, hôpitaux et sanatoriums divers, est un exemple à suivre et à retenir. Armen Lubin, quelques autres aussi, ont côtoyé la mort comme une voisine, qui déménageait en leur compagnie. Que Dieu, ou qui que ce soit, nous garde de la santé florissante et des records rêvés par des sportifs tenaillés par de spécieux engagements physiques.

*« Devant il y a une place triste*
*Pour l'hôpital triste*
*Il y a une place pour le caricaturiste,*
*Et aussi pour la chienne qui tire sur sa laisse*
*En voulant guider le vieillard à l'œil féroce.*
*Tombent les lambris et tombent les écorces.*
*Il reste une canne nette et un vieillard beau*
*Beau de s'être appuyé sur la force.*
*Pas à pas il fait reculer l'horizon*
*Il tient bien en laisse ses indications.*

La boiterie des vers est un exemple frappant de nos boiteries à tous. Mais la plupart d'entre nous, aveuglément, ignorent qu'au fond d'eux-mêmes il y a pareille boiterie exemplaire.

L'homme se promène avec sa cassette d'*avastin* accrochée à la taille, et qui diffuse dans son corps le produit réputé salvateur, mais cette cassette est devenue sa boiterie à lui, bien que, d'une façon ou d'une autre, il ait toujours boité, au sens moral autant qu'au physique. L'exemple d'Armen Lubin ne l'a pas quitté depuis l'adolescence. Nous sommes tous prévenus, mais contrairement à l'enseignement du proverbe qui prétend qu'un homme prévenu en vaut deux, nous ne tenons aucun compte des avertissements, le proverbe demeure lettre morte. La *sagesse des nations* s'est égarée dans le labyrinthe intolérable du progrès, ce monstre au faciès branlant.

On aura compris que l'homme est loin d'être « progressiste », au sens où l'entendent les politiciens aveuglés par la *furia* technique, la concussion, l'électoralisme fallacieux. Les songes de démocratie n'étaient, ne sont encore, plus que jamais, que des songes creux dans l'esprit des gouvernants élus grâce à l'aveuglement, ou la dérision, des peuples déboussolés. La dictature s'en donne toujours à cœur joie, muselant la presse et décervelant les citoyens. Il faut relire Jarry, Benjamin Constant, Tocqueville et bien d'autres visionnaires respectueux de l'humanité dont ils rêvaient. *Ubu roi* demeure un exemple frappant de ce qui ne cesse de se produire.

Je n'exprime là rien de neuf, pense l'homme penché sur son carnet de poèmes. Je me contente de ces poèmes maladroits et aussi mortels que moi.

Les mises en garde de quelques philosophes et savants ne lui semblent que des coups d'épée dans une eau pourrie. Un soudain découragement s'empare de lui. Se réfugier dans sa tour d'ivoire n'a aucun sens. Une poésie, une littérature désincarnées n'ont d'autre objet qu'elles-mêmes.

Neruda, revenu sur terre, n'en croirait ni ses yeux ni ses oreilles. Et bien d'autres avec lui.

Le monde est un carcan qu'une humanité dévoyée s'est bricolé avec les restes les plus spécieux de l'Histoire. Le nazisme crie enfin victoire, le colonialisme est ou demeure une industrie florissante, le mépris de la nature humaine est un sous-entendu politique.

Il en revient toujours à son cancer, ou ses cancers, car il n'a pas été épargné durant son existence. Mais le cancer, il le considère comme un symbole de la dégradation de l'humain, de l'insidieuse aliénation de la terre-mère.

Et c'est au grand jour aujourd'hui qu'opèrent les démolisseurs, de quelque prétendue philosophie qu'ils se réclament. Il n'y a même plus besoin de slogans. Les peuples de quelque nation que ce soit sont bousculés comme de vulgaires quilles sur un terrain de jeu. Les hommes à l'état de cadavres, ou de survivants désarmés, s'entassent pêle-mêle ici ou là, et les charniers font encore un peu vendre les gazettes, pas pour longtemps.

Certes des voix s'élèvent pour dénoncer un état de fait aussi terrifiant. Les voix solitaires, et celles des rares associations désintéressées qui rêvent d'un ordre consenti, ne suscitent d'échos que chez quelques lecteurs qui ont refusé les leçons d'analphabétisme. La malédiction de «l'informatique» est accueillie depuis des années déjà comme une précieuse «avancée de l'information».

Tout et tout de suite, c'est-à-dire rien et jamais. Les écrivains, ou ceux qui s'imaginent l'être, ne jurent plus que par leur écran. Et le bon peuple se désinforme, on joue à l'appréhension de la «culture» et de la connaissance du monde en cliquant sur sa machine personnelle, remplaçante de son cerveau. Sur un truc nommé *Google* ou *Facebook*, on se montre tel qu'en soi-même, prétend-on, sans souci du mensonge fondamental, enrichissant ainsi les firmes commerciales aux bas instincts. Cela convient parfaitement aux sbires qui surveillent la vie intime de tous ces mordus de ce qui sépare au lieu d'unir, car l'écran sépare et fragilise. Cela permet aussi à une nouvelle génération d'écornifleurs de magouiller en paix, et de rendre au candide utilisateur d'internet la monnaie de sa pièce. En réalité, que vivent les pirates, qu'ils soient les servants et les domestiques d'un état, ou les voleurs pointus qui ont découvert là un nouvel espace de jeu. Les malandrins ont, comme très souvent, et dans ce domaine spécifique, une ondée d'avance sur les fonctionnaires formés pourtant à l'exaction. Devant la floraison puante de cet univers qui réussit à échapper au réel, le simple citoyen n'a d'autres ressources que de s'incliner et de se prêter à tous les délires de rigueur. Il se voit aujourd'hui contraint à utiliser l'écran pour toute démarche administrative ou privée. Les réfractaires sont punis. Le contact humain est réduit à néant et la *dépendance* prospère.

Entrez, si possible, dans n'importe quel bureau d'entreprise, vous y verrez des machines triomphantes en face desquelles se démolissent la vue et le corps des esclaves.

Car il ne s'agit plus d'un outil, et la pensée des concepteurs était bien de réaliser ce transfert : une machine privant l'homme de son libre arbitre, en d'autres termes le contraire de la tradition de l'*ouvrier*, de l'artisan, et de l'écrivain, du fonctionnaire ou de l'employé comme du patron. Et cela au profit d'une espèce d'état mondial centralisé, où règnent sans concurrence quelques puissants dépourvus de sens moral, qui ont même été jusqu'à assujettir les banques cependant réputées elles-mêmes pour avoir au fil du temps perdu toute dignité affichée.

Je ne suis ni philosophe, ni économiste, ni rien de ce genre, se dit l'homme, et je ne me trouve aucun titre à parler du haut de ma tour de la décadence de l'espèce. Je laisse soigner mes métastases comme le font des milliers et davantage d'humains, et je me demande si l'origine du cancer n'est pas simplement l'insupportable dégoût que j'éprouve en face de la tournure que prend l'Histoire.

Si je me retire du monde, si je ne vois quasiment personne, c'est peut-être une conséquence (ou une décision ?) salvatrice de la maladie. Vivre en reclus me permet-il d'observer de plus haut ce en quoi, jeune clampin, je devais avoir foi ? Ou l'âge, comme pour toutes les générations peut-être, a-t-il pris le pas sur le charme de vivre et de survivre, de lire ou de méditer ? Les poètes sont ma seule fréquentation, et leur approche m'est restée, me semble-t-il, aussi essentielle que par le passé, bien qu'il me soit arrivé – rarement – de les négliger. Je me souviendrai jusqu'à la mort, si je conserve un brin de conscience, des *Alcools* d'Apollinaire, des *Contrerimes* de Toulet, du *Monde absent* d'Henri Thomas, des *Ruines de Paris* de Jacques Réda, de *L'Ignorant* de Philippe Jaccottet, et de tant d'autres œuvres qui ont fait de moi ce que je suis, un lecteur de poésie. Et je n'oublie pas les Anciens, chez qui j'ai puisé la permanence de l'émotion. Ni les poètes étrangers qui m'ont ouvert une fenêtre inattendue.

« Parler pour l'oreille et écrire pour la mémoire », note le maître, mon maître favori, Joubert, qui ne se prenait pas pour un écrivain et n'a rien publié de son vivant. Il a cependant la chance *post-mortem* de se voir éditer par son ami Chateaubriand, et le siècle dernier par le fidèle André Beaunier. Il aura donc fallu bien du temps pour pouvoir lire l'édition complète de ses *Carnets*.

Il me semble que les écrivains qui m'entourent ont écrit « pour ma mémoire ». Cette mémoire atteinte maintenant parfois de confusion sous l'effet de substances imposées à mon corps et mon esprit par les cures de chimiothérapie.

« Les petits livres, note Joubert, sont plus durables que les gros ; ils vont plus loin. Les marchands révèrent les gros livres : les lecteurs aiment les petits. Ce qui est exquis vaut mieux que ce qui est ample.

Un livre qui montre un esprit vaut mieux que celui qui ne montre que son sujet. »

Les jeunes ou moins jeunes romanciers d'aujourd'hui accumulent les pages, et ne sont en général qu'ennuyeux. Enfant, adolescent, se souvient-il, il rêvait d'écrire des livres comparables à ceux de Chardonne le mal aimé, ou de Marcel Arland. Il n'a rien écrit qui soit digne de ces modèles. Rêver devrait donc suffire. Il a commencé de nombreux manuscrits qui sont restés à l'état d'ébauches. Il a même cru, parfois, que l'incomplétude était une qualité.

Plutôt que de se lancer dans l'élaboration de longs poèmes, dont on remarque les coutures, il a préféré le rythme et la brièveté de la chanson. Il a manipulé le lieu commun comme un instrument auquel il s'imaginait insuffler de la noblesse. Il entretenait la conviction que le retour aux sources, par exemple à la sagesse populaire, aux dictons, lui ouvrirait la voie d'une poésie à la fois simple et obscure. Il n'a pas suivi l'exemple des surréalistes moribonds, sinon celui des dissidents de Belgique, comme Achille Chavée, cet Indien qui n'avait jamais marché en file indienne.

Plus tard, il a reconnu Chavée dans son bistro favori de La Louvière, et n'a évidemment pas osé l'aborder. Chavée composait de brefs recueils dont il adressait un exemplaire dédicacé au faux père de mon personnage, qui négligeait de les lire, en traitant l'auteur de poète burlesque. Ce « poète burlesque » avait combattu en Espagne et dans la Résistance, sans jamais chercher les honneurs.

Lui, enfant, s'emparait des minces volumes qu'il lisait en cachette avec ravissement, bien qu'il fût loin d'en mesurer la force et l'originalité. Puis ce fut la découverte de Michaux.

« Ceux-là savaient ce que c'est d'attendre. J'en ai connu un, et d'autres l'ont connu, qui attendait. Il s'était mis dans un trou et attendait. » Ainsi, lisant cela à la sauvette, chez le grand-père, il s'était aussi mis dans un trou et attendait. Le trou, c'était aussi bien le dessous de son lit que la cave, car il prenait tout à la lettre. Impossible de trouver le trou vraiment adéquat. Si la bonne le repérait, ou sa mère, la même question rageuse fusait : « Que fais-tu là ! » Ce n'était même pas une question, mais le ton était celui d'un reproche exacerbé. Pouvait-il répondre qu'il *attendait*. Le savait-il ? Grandir, ou plutôt mourir. S'effacer du regard des goules. Ce devait être, selon lui, le sens et la raison de l'attente. Mais comment l'exprimer ? De toute façon, il n'aurait pas été compris, et il lui semblait surtout devoir cacher à tout prix la réalité de ses lectures clandestines.

Le comique de la situation lui apparaissait : à quoi bon reléguer pour le punir un garçon qui *attend* dans un coin ou à la cave, alors qu'il y est déjà. La punition, la claustration, il se l'administrait à lui-même en quelque sorte. Que cela fît enrager la mère et la bonne, c'était en somme tant mieux.

Ne fallait-il pas convoquer le médecin, ce bon Dick, jeune docteur hollandais réfugié et entré dans la Résistance avant de s'installer définitivement dans la ville ?

Mais Dick, un beau jour, a manifesté de la colère, lui si calme et souriant d'habitude : laissez-le vivre à sa guise. Il n'est pas malade, la solitude lui convient, et elle est très peuplée.

L'appui de Dick avait illuminé la fin de l'enfance, pour peu que l'enfance – la sienne – ait une fin. Car c'est encore l'enfance qui, lorsqu'il avait presque douze ans, l'a lancé sur les routes de Hollande avec son vélo. On ne l'a rattrapé qu'en Gueldre, à des centaines de kilomètres, et par la grâce de dieu et surtout de monsieur Prins, il y est resté. C'était peut-être le trou qu'il convoitait, mais un trou lumineux comme un univers nouveau, où tous les livres d'une immense bibliothèque devenaient ses compagnons. L'attente, suivie d'un déplacement dans l'espace, avait porté ses fruits.

Ce fut alors comme une résurrection. L'homme que voici, âgé, perclus, rongé, n'a jamais oublié. Il avait maintenant deux grands-pères, l'un dans la petite ville lointaine, à qui il écrivait des lettres où il demandait pardon pour s'être éloigné (mais le grand-père comprenait), l'autre au cœur du paysage de bruyère, de dunes et de pins devenu fondamental, où le grand-père adoptif portait sa haute carcasse surmontée d'un panache blanc sur une bicyclette antédiluvienne.

Toujours il en revient à l'enfance, au début de l'adolescence, à cette époque de la vie où se heurtent les éblouissements et la prescience des désastres. Il ne peut effacer les souvenirs qui l'empoignent encore, et, dussent-ils disparaître, c'est de leur effacement qu'il mourrait.

C'est avec cet enfant qu'il fut, et qui vit encore, qu'il dialogue. Et ce ne peut être un dialogue de sourds car, de ce point de vue intemporel, la surdité lui est épargnée. Mais pas les soucis que lui causent son œil enflammé, ses gencives gangrenées d'aphtes.

Il va dans le logement d'un coin à un autre, maudissant les métastases et se morigénant comme s'il se sentait coupable de n'avoir pas écarté le cancer de son chemin.

Sa nuit cependant a été paisible mais une douleur occipitale s'est réveillée avec lui, et l'inquiète, mais en dépit de toute avanie, il conserve encore un accès à sa mémoire. Lorsqu'il feint de dormir, c'est la voix de la fulminante bonne qu'il entend le traiter de paresseux. Il ne lira Perros que bien plus tard et ne peut donc pas répondre que la paresse est « l'état nerveux par excellence ».

« Ayez pitié de moi, voyageur déjà de tous voyages sans valises... » dirait-il à cette gouge qui lui est envoyée par les « Seigneurs de la mort », comme il l'a lu dans un petit livre de Michaux. Mais il a renoncé à espérer la moindre pitié, le moindre geste de sympathie, la moindre parcelle de compréhension.

Il lui faudra, du reste, grandir pour établir les conditions de son état. Le paradoxe est là : grandir alors qu'il ne le souhaite pas, mais qu'il y est contraint pour s'affirmer aux yeux des mégères. Il a huit ans lorsque l'idée de la fugue prend naissance en lui.

Il partira vers l'Ardenne aux profondes légendes et trouvera des fermiers accueillants mais circonspects. Et puis les gendarmes, et puis sa mère en état de raide vindicte. Et puis cette réclusion dans la maison triste de la rue Sainte-Berthe. Il comprenait cependant, plus ou moins confusément, qu'il avait approché l'expérience qui le mènerait plus tard à la réussite. Et il s'était à nouveau confiné dans l'attente.

Peu à peu, il avait réussi à retrouver le droit de rejoindre son grand-père dans la haute demeure patricienne de la place de l'Ormeau. Cela n'avait pas été sans mal – mais il grandissait, et la claustration devait bien toucher à sa fin, un jour ou l'autre. Sa paresse l'avait aidé à supporter l'interdiction de lire «ce qui était au-dessus de son âge», mais tout a une fin. Il apprenait la patience et n'en pensait pas moins, sous ses dehors devenus bénins et presque cauteleux. Il se conformait à l'universelle hypocrisie afin d'assurer vaille que vaille sa liberté intime. Il se retranchait dans cet «espace du dedans» qu'il pressentait et dont il n'aurait que des années plus tard la confirmation, en découvrant le titre qu'avait élu Michaux pour publier son choix de textes. En trouvant ce volume chez un libraire, il s'était déjà résigné à entrer dans ce qu'il est d'usage de nommer «la vie active», mais devinait sans peine que cela ne durerait pas.

Feuilletant le précieux *Qui je fus*, découvert chez le grand-père, il avait remarqué la dédicace à Jules Supervielle en tête du texte intitulé *Énigmes*, et s'était incontinent promis de découvrir qui était ce Supervielle. Ce n'est que d'un rayon de la bibliothèque de monsieur Prins, en Gueldre, qu'il avait extrait le volume intitulé *Débarcadères*.

Il avait immédiatement fait siennes les strophes de la *Chanson du Baladin* :

*Il avait tant voyagé*
*Que son cœur très allégé*
*Précédait son corps moins leste*
*Puis un jour, bon gré mal gré,*
*Sa cervelle avait viré*
*En une bulle céleste...*

Il avait déjà lui-même – du moins le croyait-il – tant voyagé qu'il avait d'emblée rallié Supervielle à sa petite équipe rêvée. Il avait grandi, il était un adolescent qui se désolait de voir s'éloigner l'enfance, mais il l'avait accrochée à la selle de son vélo.

Mais non, il se trompe, c'était *Gravitations* qu'il avait lu d'abord, vers ses douze ans, dédié à Valery Larbaud dont le personnage de Barnabooth l'avait dès sa découverte hanté comme ce qu'il soupçonnait devoir être son double.

Voici que sa mémoire lui joue des tours. La chimiothérapie a de ces effets. Et pour un peu, son œil pleurerait de tristesse plutôt que des effets de la paralysie.

L'ennui, pense-t-il, est que peu à peu toutes mes vies se mélangent, et que la seule constante – cette paresse active – ne m'est plus d'aucun secours. Le devoir d'assurer ma survie est devenu flottant et arbitraire. Je vais mourir et cela seul – en secret – sape mon horizon rétrospectif. Ce que je fus en telle ou telle période se résume à ce que je suis devant l'approche de la mort. Michaux écrivait *Qui je fus* alors qu'il n'avait pas trente ans. J'aurais dû comprendre la leçon.

En vérité, il ne sait plus très bien où il en est. La mort s'attarde à tel point qu'il lui arrive de se demander s'il n'est pas déjà « de l'autre côté ». Cette sensation, il n'en éprouve pas la nouveauté ; elle ressemble à un souvenir d'enfance, elle aussi, comme beaucoup d'autres. « On dirait, se murmurait-il parfois jadis à lui-même, on dirait que je suis mort. » C'était un jeu solitaire qu'il se plaisait à jouer dans l'espoir que son étrange souci de solitude serait enfin pris au sérieux.

Fichez-moi la paix, grognait-il entre ses dents à des moments même où personne ne le houspillait. Fichez-moi la paix, je suis mort. Il ajoutait : je suis ailleurs où vous ne pouvez m'atteindre. Et c'était d'abord cela pour lui la mort : un état inaccessible à son entourage. Et il se surprenait à léviter soudain en regardant les choses de la maison de très loin et de très haut. Toutes ces choses qu'il exécrait – sauf les livres, bien entendu –, et qui le faisaient hurler en silence contre sa condition subalterne. Il s'en délivrait comme Houdini de ses chaînes. Mais il fallait retomber sur terre, à nouveau livré aux tracasseries ancillaires et maternelles.

Son seul refuge était la lecture. Encore fallait-il qu'on ne lui chicane et détruise pas le temps de lire. Sa mère ne lui a jamais offert qu'un seul livre, c'était un conte de Nodier qu'il s'est empressé d'oublier de lire. Rien de miraculeux, à ses yeux, ne pouvait venir de cette femme grande et sévère qui ne lui témoignait (selon lui) qu'une espèce d'indifférence hautaine. Pauvre femme, se dit-il aujourd'hui, qui ne désirait pas d'enfant, qui ne savait sans doute comment se comporter devant l'irréductible étrangeté d'un fils qui, peut-être, ne lui rappelait qu'une faute, ou sa propre détresse. Il y aurait eu là pourtant de quoi s'entendre à demi-mot, voire en silence. Mais sa tentative, avec le conte de Nodier, avait échoué. Le gardien de l'Arsenal ne l'enchanterait que bien plus tard, loin du regard maternel, et il regretterait d'avoir tant tardé à le découvrir.

Comme il délaissait ce mince volume qui lui donnait le sentiment de n'être que destiné aux enfants, il s'est aperçu que les hautes bibliothèques vitrées se trouvaient fermées à clé, et que les clés avaient disparu. Il a d'abord prémédité de casser un carreau, mais réflexion faite, il y a renoncé. Cela ne le mènerait nulle part, et la punition serait plus rude encore que la privation.

Heureusement, restait le grand-père et sa générosité de tout instant. Il suffisait de s'échapper, de descendre dans le bas de la ville où la belle demeure se dressait sur la place de l'Ormeau. Mais cela même, un triste jour, lui fut interdit. S'échapper néanmoins restait possible, mais pour peu de temps.

Il fallait ruser, profiter de l'absence de la mère, mais la bonne, cette harpie, veillait au grain. Le père – le faux père – n'était là que rarement, et n'attendre de secours que de lui était purement illusoire. Aux yeux de ce personnage, l'enfant comprenait qu'il n'avait pas d'existence.

C'est dans ce climat de rage, de peur et de frustration qu'il fut soudain malade. La fièvre le tuait au lit, la révolte l'affaiblissait. Il refusait de se nourrir et concevait – si jeune – des envies de meurtre. Comme, plus jeune, il n'avait jamais été autorisé à jouer dans la rue, à visiter un condisciple ou à le recevoir chez lui, et qu'il se trouvait plus tard, au comble de l'égarement, privé de la lecture et des découvertes salvatrices, interdit de visites au grand-père, que lui restait-il sinon l'appel de la mort. Il s'est donc senti ardemment attiré par ce néant absolu, ou ce rêve délétère, qui, somme toute, lui était déjà très obscurément familier.

– Lève-toi !

Mais non, il refusait de bouger et les menaces de la bonne – bien trop mauvaise pour être *bonne* – ne faisaient plus aucun effet. Elle avait beau tenter de l'extraire brutalement du lit, il résistait de toutes les forces de son refus, et de sa décision. L'arbitraire des punitions et des menaces le laissait de marbre. Résister était devenu son unique préoccupation. La mort son avenir.

C'est alors que le docteur Dick apparut pour le sauver. Il confirma qu'il était bien malade et que sa fièvre n'était pas un prétexte. Il le trouva faible mais résolu. Il comprit à demi-mot quelles étaient les circonstances qui l'avaient mené à ce qu'il a qualifié de désespéré.

Il ordonna des fortifiants, des livres et des visites au grand-père. Et le grand-père, justement, qui avait renoncé à fréquenter sa fille ainée, a fait une entorse à sa décision pour venir au chevet de son petit-fils, un sac chargé d'œuvres de Chavée, de Michaux, d'Apollinaire et d'Albert Samain, dans un désordre lumineux. Il y avait aussi, lui dit-il en confidence, une bicyclette qui l'attendait dans le garage de la place de l'Ormeau.

La colère du docteur Dick était froide et fondée. Il sut par le grand-père que la bonne était licenciée. Elle a quitté les lieux avec ses gages, non sans, devina-t-il (suis-je extralucide), avoir fixé des rendez-vous à son faux père. Et la mère trompée a ravalé sa rancœur, pour se retrancher dans un silence de plus en plus méprisant.

Le docteur Dick a promis de passer chaque jour, et l'enfant s'est réjoui de cette perspective. Le monde soudain retrouvait ses couleurs. Il n'était plus seul en face du rempart érigé entre les livres et lui. Ce rempart, du reste, semblait devenu bien fragile, encore que la méfiance ne quitterait jamais le lecteur. Il avait assez d'expérience de la duplicité des adultes pour continuer à se méfier d'une embellie qui – le docteur et le grand-père partis – risquait toujours de se transformer en orage, ne fût-ce qu'avec l'engagement d'une autre bonne terroriste.

Mais le docteur veillait, et la nouvelle bonne se révéla brave et quasi maternelle. Il en fallait peu à l'enfant pour qualifier de maternelle une personne, tant l'adjectif avait perdu son sens ailleurs que dans la littérature.

Est-ce donc parce que le docteur Dick était d'origine hollandaise qu'il s'est instinctivement, un an et demi plus tard, dirigé vers la Hollande ? Seul le grand-père fut mis dans la confidence, par une lettre postée à Sittard.

Sa mère le traitait d'*enfant gâté*. C'était au-delà de ce qu'il était en mesure de supporter. Il allait sur ses douze ans. Il avait grandi soudain, une perche, ricanait son faux père. Il allait enfin leur apprendre. Leur apprendre quoi ? Je me rends maître de mon destin, ma bicyclette est mon sauf-conduit. Je me débarrasse d'eux, ces prétendus parents qui ne m'ont laissé que des cicatrices pour héritage. Une vie commence.

Mais je dois aussi parler de sa peur. On ne s'évade pas impunément d'une telle prison. Les geôliers se sont laissé distraire, certes, mais il n'en reste pas moins que leur vocation n'a pas disparu comme par enchantement. Et si l'inconnu m'attire, je dois bien avouer qu'il m'effraie aussi.

Mais nous sommes en 1951, et la vie – une autre vie, la première autre vie – commence au guidon du vélo.

Il a fallu ruser avec le grand-père et le délester d'un peu d'argent. Mais pas trop, afin qu'il n'ait pas la puce à l'oreille. Il a fallu préparer en secret le premier itinéraire sur un vieil atlas, et ensuite ce sera à la grâce de dieu. Ce dieu auquel, déjà, il ne croit pas. Il ne s'agira d'abord que de longer la Meuse, en prenant garde d'éviter le centre des villes, et de se méfier des ports douaniers.

Une fois la Hollande conquise, rien ne menacera plus mon équipage, pense-t-il. La bicyclette est là-bas l'universel moyen de voyager.

Depuis longtemps, l'exemple de *Sans famille* l'obsédait. Mais la solitude lui était trop chère. Du reste, à qui donc aurait-il proposé de partager sa course ? Il n'avait pas d'amis. Ses parents avaient au moins réussi cet exploit de faire de lui un garçon libre de tous liens parmi les garçons et les filles de son âge. Sa fréquentation sporadique de l'école l'avait éloigné des menées routinières et de la promiscuité des camarades obligés.

Dans sa classe, le seul personnage qui ait éveillé son attention était un fidèle redoublant issu d'une famille misérable, et qui était devenu le champion de l'école buissonnière. C'était l'année même où André Dhôtel, écrivain favori du grand-père, publiait dans la revue du Mercure *Le Club des cancres*. Il y avait aussi, sur la place de l'Ormeau, presque à la croisée de la rue des Couteliers, un marchand de cycles qui se révélait être un ancien vainqueur de Paris-Bruxelles et autres classiques de l'avant-guerre. Il se nommait Félix Sellier, et c'était peut-être, après tout, avec un nom pareil, ce qui avait déterminé sa vocation de coureur de deux roues et de la selle.

Son condisciple indiscipliné portait un nom banal mais s'était attribué un surnom, celui de Macache, c'est-à-dire celui de son juron favori. Il prétendait être dresseur de puces et cela le mettait à l'abri des punitions corporelles. Du reste, il se fichait de tout, sauf de la pêche à la truite dans un petit affluent de la modeste rivière qui recueillait les déchets de la ville.

Le cycle élémentaire de la scolarité touchait à sa fin. Macache n'obtiendrait pas de diplôme, mais à quoi sert un diplôme au voleur de bicyclette. Il aurait volontiers accompagné notre fugueur, mais les gendarmes et les services sociaux avaient entrepris d'assainir la ruelle où se dissimulait tant bien que mal le taudis de la famille de réprouvés. Il faudrait décrire et sauver ce lieu d'une migrante liberté, mais voilà, nous étions au mois d'août et il était urgent de fuir avant l'ouverture des classes du collège. Seul, libre et incompris, l'enfant grandi trop vite, et déjà pourvu de traits de l'adolescence, ne pouvait attendre la problématique libération, ou évasion, de son unique compère. L'amitié que les deux garçons avaient réussi à dissimuler ne serait pas oubliée. Plus tard, ils se retrouveraient comme d'anciens *bijoutiers du clair de lune*, selon le titre du roman d'Albert Vidalie. Plus tard, bien plus tard, car, à l'époque, les années étaient plus longues qu'aujourd'hui, et bien plus fertiles en découvertes et surprises.

Hollande, Zélande, Gelderland, Zuyderzee, Frise et Ameland, tous ces noms sonores ou feutrés, découverts dans l'atlas en même temps que sur les cartes détaillées du grand-père, exerçaient l'irrépressible fascination qui emporte les grands voyageurs. Et ce serait un grand voyage, comme celui d'Henri Calet.

Il y avait aussi la complainte de Mandrin, qu'il se chantait à mi-voix :

*Il est dans la Hollande*

*Les Hollandais l'ont pris*

Il se regardait lui-même comme un héritier de faux-saulniers d'antan, mais lui ne se laisserait prendre qu'aux charmes encore insoupçonnés de la dérive sur deux roues. Son île au trésor, il la situait plutôt sur le Rhin, modestement, ou au large d'un port comme celui de Harderwijk. Tous ces noms. Il n'en revenait pas. Les syllabes chantaient d'elles-mêmes la séduction des lieux.

Et les roues sifflaient sourdement sur l'asphalte une mélodie qu'il n'oublierait jamais.

Mais sa mémoire, comme le dérailleur de sa monture, a des ratés. Il ne se remémore aujourd'hui que les premiers vers du *Mai* d'Herman Gorter, qui commence ainsi :

*Een nieuwe lente en een nieuw geluid*
*Ik wil dat dit lied klinkt als het gefluit*
*Dat ik vaak hoorde voor een zomernacht...*

Il a appris et traduit en français ce poème chez ses sauveurs, les Prins, peu de jour après son arrivée dans le grand village d'Ede, en Gueldre, ce pays de dunes et de bruyère dont peut-être rêvait encore devant Nancy Charles le Téméraire, à l'heure de sa mort.

Mais comment reproduire ces sonorités barbares (à l'oreille des Français) dans la langue de Descartes ?

Littéralement :

*Un nouveau printemps et une neuve sonorité*
*Je veux que ce lied sonne comme le sifflement*
*Que j'entendais souvent dans une nuit d'été*

Rien ici ne permet de reproduire les allitérations, la cadence, la fluidité de ces vers. Encore moins leur accent. Car l'accent tonique, dans la langue de Vondel, joue un rôle essentiel, rôle ignoré du français contemporain, mais demeuré sensible, ô combien, dans la poésie et l'usage commun du néerlandais.

Il tente encore parfois, plus d'un demi-siècle plus tard, d'écrire dans cette langue si mélodieuse de petits poèmes farfelus, comme les comptines que lui révélait madame Prins, ou son fils Jan.

Il a donc connu le bonheur, les troubles de l'adolescence adoucis par un halo de pureté, le dépaysement souverain.

Il a la larme à l'œil, mais ce n'est pas apitoiement sur son sort. C'est l'effet notoire de la paralysie. Et puis, les douleurs voyageuses sous son crâne se concentrent soudain à droite, derrière l'oreille qui n'est pas sourde. La tumeur du cervelet, au dernier examen par imagerie, a grandi de quelques millimètres, et cela suffit sans doute à provoquer telle ou telle atteinte d'un nerf dans les parages. C'est une douleur supportable le matin, juste là pour rappeler que les métastases sont vivantes en lui qui refuse encore de s'avouer mortel. Car le cancer est toujours, envers et contre tout, de la vie, certes anarchique, mais modulée comme la dodécaphonie, la musique sérielle, les rythmes obsédants d'un vieux jazz qui grince sur un disque rayé.

Le café du matin a la même saveur que celui de la veille, même si la chimiothérapie engendre une faiblesse, voire une perte, du goût, et de l'odorat. La question est de savoir s'il aura la force de résister aux agressions. Et puis, la gêne permanente causée par l'iléostomie déteint sur son comportement moral, et trouble fortement son quotidien.

Quant à la paralysie, il est bien contraint de s'en accommoder. Ses lèvres déformées contiennent avec peine les rares aliments qu'il est en mesure d'absorber, et ses gencives plantées d'aphtes se rebellent. Et puis comment se nourrir sans une seule dent ?

Même le café s'échappe par la commissure des lèvres. Il bave comme un nouveau-né. La paupière de l'œil gauche refuse de se fermer, le sourcil de se lever, le front de se plisser.

Son visage inquiète les enfants (nous l'avons noté). Qu'importe, il ne sort pas, sinon pour se rendre à l'hôpital dans la voiture de son ami Alain. Et la réclusion, loin de lui peser, le satisfait comme une vie supplémentaire.

Il y a des mois maintenant qu'il survit ainsi, dans sa ville natale qu'il n'a cessé d'exécrer depuis qu'on l'en a chassé. En vérité, lorsqu'il s'y était installé, un peu par la force des choses, un peu dans l'espoir (stupide) d'y mener une existence respectable, il subodorait que cette accalmie ne durerait pas. Mais il avait vingt-cinq ans et l'idée de faire une fin lui était venue à sa secrète honte.

Cette ville, il n'avait jamais rien fait d'autre que de s'y promener, le plus rarement possible, en étranger. C'est alors que, pour lui, elle déployait son charme vétuste. Ce charme a disparu, elle a grandi, elle a mal vieilli, ses faux airs de petite capitale ne lui confèrent que du clinquant, alors que jadis, ses quartiers anciens dévoilaient aux yeux de qui savait voir une atmosphère digne des romans de Mac Orlan. Deux ou trois bandes rivales se disputaient quelques territoires interlopes, et la prostitution bon enfant séduisait une police résolument aveugle, les séminaristes et les militaires. Ainsi que certains entrepreneurs bourgeois qui éprouvaient des sensations fortes en osant s'encanailler. Le fleuve était encore majestueux et pur, et les rives sombres de son confluent encadraient les vieux immeubles où la vie nocturne déployait sa séduction romanesque.

On y faisait avec une souriante constance la nique aux représentants de l'ordre qui, au terme de quelques camouflets, se bornaient à une très vague surveillance lointaine. Les bateliers y tenaient leurs assises et le bistro du *Chaland* était le siège de la bourse d'affrètement.

Lorsqu'il s'était installé en ville, des rumeurs d'expropriation des quartiers les plus anciens couraient déjà. Mais au fond personne n'y croyait vraiment. Or lui-même était sensible à l'atmosphère, et il ne cessait de tenter de convaincre ses clients (il était devenu avocat) et ses amis de se liguer en vue de détourner la menace qui pesait sur le patrimoine intemporel de la cité. Une nouvelle administration se mettait en place, composée d'aveugles et de dangereux destructeurs. L'enjeu pour quelques entreprises de démolition et de travaux publics obscènes était de taille. Au sein des décideurs, la concussion commençait à faire le poids.

La politique de dégradation de l'habitat, et de ses habitants, allait donner raison aux tenants de la salubrité publique. Soudain, sans préavis, la décision d'exproprier de toute urgence le confluent et ses abords était tombée comme un cheveu dans la soupe des braves libertaires, artisans et patrons de bars qui n'avaient pas voulu regarder le danger en face. Les recours contre la décision d'expropriation, introduits devant le magistrat compétent, le juge de paix, n'eurent d'autre effet que d'obtenir une vague majoration des indemnités proposées. Les démolisseurs étaient déjà sur place. Tout un pan de pittoresque et de souvenirs de la vieille communauté du confluent commençait à s'effondrer. Le port lui-même fut déplacé en amont, où se réinstalla le bistro du *Chaland*, seul vestige aliéné d'une vie grouillante et populaire. Mais les traditions sont tenaces, et d'autres patrons de bar se reconvertirent en patrons de café à l'enseigne moins provocante, mais à l'activité secrète, en d'autres coins de quartiers de la ville. Cette diaspora maintint les traditions, mais le cœur n'y était plus. Le temps du harcèlement et des pots-de-vin pouvait gangrener la ville entière, mais la chasse aux bordels clandestins, aux bandes rivales, aux souteneurs habiles se révélait tout à coup bien plus problématique.

Le quartier, ou l'enclave plutôt, du Grognon, ainsi qu'il s'était baptisé depuis des siècles, ne régnerait plus que dans l'imaginaire. Et au lieu de voir construire de nouveaux immeubles sur ses ruines, les habitants de la cité, révoltés mais prenant leur parti de la désolation, ne virent édifier sur l'ancien territoire de l'indépendance, qu'un immense parc à voitures. Le scandale dure toujours. Le cancer avait décrété la mort.

Le peuple des Aduatiques avait repoussé les avances de Rome, et s'était confronté aux légions de César. Les derniers et lointains vestiges de sa révolte se dispersaient dans la fumée de pots d'échappement. La ville, prétendait le maire entouré d'entrepreneurs marrons, s'était *assainie*. Il avait menti tout au long de la législature, laissant même entendre, alors qu'il préméditait la pire exaction, que le quartier pourrait être reconstruit à l'identique. Du Grognon, il ne restait plus rien, qu'un nom qui ne ferait même pas rêver les générations prochaines. La rue des Moulins elle-même, qui bordait l'affluent du fleuve, avait été rasée. Le Grognon, la rue des Moulins, les abords immédiats, tout ce labyrinthe de ruelles et de passages, entre les deux bras d'eau qui se rejoignaient, auraient mérité l'honneur de figurer au patrimoine de l'humanité.

D'autres quartiers proches, comme celui de la place d'Armes, auraient mérité les mêmes honneurs. Mais la haine destructrice ne les avait pas davantage épargnés. Avec une hypocrisie bien rodée, les autorités s'entendaient comme larrons en foire pour accumuler les crimes. Toujours impunis, les assassins plastronnaient, défenseurs pervertis de ce qu'ils avaient le front de désigner d'un mot : la morale. De cette législature, et de la suivante, les tenants n'avaient à la bouche que quelques mots : exproprier, raser, *moderniser* selon des critères déjà obsolètes au moment où ils passaient à l'acte. C'est ainsi qu'à la ville ancienne ils ont fait perdre l'âme. Et de ce désastre, elle ne s'est relevée que pour s'engluer dans les artifices et les pertes de mémoire, dans la laideur et le sommeil de l'esprit.

Au lieu de se liguer contre ces entreprises mortifères, les avocats se réjouissaient de voir apparaître une clientèle inattendue d'écornifleurs et d'administrations douteuses. Seuls deux ou trois d'entre eux s'obstinaient à résister, mais c'était un combat d'arrière-garde, au moins ils auraient tenté l'impossible. Le plus acharné est mort dans d'étranges circonstances, jamais officiellement élucidées.

Quant à lui, il s'est à diverses reprises heurté au Conseil de l'Ordre, où siégeait aussi le maire, avocat lui-même, jusqu'à ce qu'une dénonciation absurde l'amène à se défendre devant le Procureur général.

C'était le début de la fin de sa carrière d'avocat subversif.

Il a connu la mort très jeune, mais comment peut-on connaître la mort ? Disons qu'il s'en faisait enfant une idée, et que cette idée, il n'a cessé de la tourner et retourner dans ses ruminations. Mourir comme Socrate lui aurait plu. Il savait peu de chose de Socrate. Il n'avait pas lu Platon. Il se plongeait dans les gros dictionnaires. Il découvrait les mots, mais aucun ne paraissait convenir.

Ces ouvrages monumentaux étaient presque plus grands que lui. Son grand-père l'aidait à les transporter. Il s'agissait surtout des volumes de l'encyclopédie Larousse du vingtième siècle, parue, s'il s'en souvient, vers 1905.

Aucune pensée religieuse ne le guidait. C'est la mort qui était dieu. Il opinait que la mort permettait la vie, parmi les dieux de l'Antiquité, les demi-dieux, les nymphes, les sylphides, et tous les korrigans bretons, les divinités de l'Inde et de la Chine. Il voulait rencontrer la mort au moins une fois par jour. Le harcèlement parental et ancillaire l'incitait à mourir. Il jouait à « faire le mort ». Il appelait la maladie qui le transformerait en moribond. Il usait de toutes ses pauvres ruses pour approcher ce moment où, libéré des entraves dont il se sentait entouré, il entrerait consciemment dans *l'autre vie*. On le secouait, on le morigénait, on le traînait de force hors du lit où il espérait contre toute attente être l'enfant défunt dont il rêvait. Pas surprenant, en somme, qu'il se sentît malade en toute occasion, mais malade de devoir durer, lutter pour gagner le droit de mourir en paix. Sa vocation (même s'il ne connaissait pas le mot) était de disparaître du regard des adultes.

La mort lui semblait la garantie de se trouver transporté ailleurs. À bien réfléchir, il n'y avait là rien que de très banal. Mais dans sa solitude, la pensée de la fin lui mettait du baume au cœur. Grandir était une préoccupation accessoire, du reste voulait-il vraiment grandir ? Abandonner l'enfance, et plus tard l'adolescence, lui faisait l'effet d'une trahison. C'eût été, en somme, abandonner la mort au profit de la loi dite naturelle, qui ne pouvait nullement s'appliquer à lui.

Le grand-père, qui était très sage et très âgé, lui paraissait vivre après la mort, tenir son expérience et sa sagesse de l'expérience et de l'équanimité de la mort. Cet autre monde où évoluait l'aïeul était à ses yeux la preuve que la mort existait. Le grand-père avait vu les uhlans, assisté à l'enterrement de Victor Hugo, et il était déjà trop âgé pour combattre au début de la Grande Guerre. Aux yeux de l'enfant, il n'y avait pas de doute. Il avait depuis longtemps rencontré la mort, et s'était glissé dans son univers. La grand-mère, plus jeune d'au moins dix ans, voire davantage, le turlupinait, mais il ne l'entendait pas. Pourtant il n'était ni sourd ni muet. Au contraire, un halo de jeunesse éternelle nimbait ses cheveux blancs. C'était le *signe*. Il aurait pu, comme Chateaubriand, écrire ses propres mémoires d'outre-tombe. Dans l'esprit de l'enfant, qui n'en connaissait que le titre, ce livre devait constituer la preuve qu'une vie active ou contemplative s'éveillait une fois la mort consommée.

Et c'était donc ainsi qu'il s'agissait de se projeter dans l'avenir.

Il avait retenu la phrase de Chesterton que lui avait citée le grand-père :

« L'inconvénient à toujours préserver la santé du corps, c'est qu'il est bien difficile d'y parvenir sans détruire la santé de l'esprit. »

C'est alors qu'il avait décidé que le corps comptait pour peu de chose, raison de plus pour envisager de le quitter. De s'en préoccuper le moins possible, sinon pour prétexter la maladie consolatrice. Il avait entendu sa mère dire à son faux père : c'est de l'esprit qu'il est malade, cet enfant n'est pas *normal*. Il avait souri, sa mère le croyait dans sa chambre alors qu'il était descendu sans bruit au rez-de-chaussée. Il en avait conclu qu'il approchait du but, mais il ne fallait tout de même pas qu'on l'enferme. C'était toujours le moment de faire preuve de prudence. Il avait été traité d'excentrique déjà, et le dictionnaire lui avait révélé le sens du mot. Du reste, il aurait pu trouver tout seul ; en dehors du centre, sans concession. Il y a de drôles de perversions dans le langage des adultes.

Lisait-il déjà Joseph Joubert ? J'en doute mais qui sait ?

« En effet, note Joubert, je ressemble en beaucoup de choses au papillon. Comme lui j'aime la lumière, comme lui j'y brûle ma vie, comme lui j'ai besoin pour déployer mes ailes que dans la société il fasse beau autour de moi et que mon esprit s'y sente environné et comme pénétré d'une douce température, celle de l'indulgence. J'ai besoin que les regards de la faveur luisent sur moi. »

Les « regards de la faveur » étaient en ce temps lointain ceux de son grand-père, et, plus tard, ceux de la famille Prins, en Gueldre.

Mais il s'efforçait de penser que les regards de la faveur étaient aussi ceux de la mort. Il avait sept ou huit ans lorsque sa grand-tante Marie, sœur aînée toujours célibataire de son grand-père et du grand-oncle Arnest, est morte dans son grand lit à baldaquin. « Nous allons, a dit la mère, lui rendre un dernier hommage. » Et il a fallu qu'il endosse un costume du dimanche qui le grattait dans l'entrejambe et l'engonçait jusqu'à la glotte. Il fallait en passer par là, alors qu'il aurait de loin préféré se montrer à la morte en culottes courtes, comme lorsqu'il lui rendait une visite après s'être échappé de l'école.

D'habitude, elle l'embrassait sur le front. C'était son tour de lui donner un baiser – sur le front. Et il l'a vue sourire en coin à l'instant où il se penchait vers son visage un peu sévère comme toujours, mais serein. Il a gardé ce sourire pour lui tel un talisman spirituel. Son corps est sur un lit de mort, mais elle est vivante, se dit-il. Je le savais bien.

La tante Marie avait la réputation de se montrer revêche. Et c'est vrai qu'elle houspillait ses frères, surtout Arnest, célibataire aussi et vivant en sa compagnie, mais derrière la façade, il y avait tout un monde auquel elle avait laissé quelquefois son petit-neveu accéder. C'est alors qu'elle figurait à ses yeux une vieille dame venue tout droit d'un Ancien Régime inimaginable, et pourtant présent.

Il s'éveille et se lève sans attendre. Il a peu dormi. La douleur est là, déjà, dans le crâne et la nuque. Des gouttes de café s'échappent de ses lèvres. Il s'est fabriqué sa première cigarette, l'a coincée à la commissure droite de sa bouche pour l'allumer. Il fume en observant le rideau d'arbres du parc, depuis son quatrième étage. Le ciel est d'un gris moucheté, envahi, dirait-on, de particules de pollution. Il entend, feutré par le double vitrage, le son des cloches de la cathédrale. Cela lui rappelle un peu le temps où il vivait dans cette ville. Il s'en est échappé, mais on ne s'échappe pas, *on ne part pas*. Le voici de retour, plusieurs décennies plus tard. Il va dans l'étroite cuisine se resservir de café. C'est de là qu'il peut voir le bulbe vert-de-gris de la cathédrale, et c'est par la fenêtre entrouverte que pénètre le chant des cloches. Il pense à Verlaine, mais le ciel n'est pas bleu, mais calme. Les arbres sont figés dans une attente que l'on croirait sans fin. Les feuillages paraissent poussiéreux et racornis, déjà, bien que l'automne soit encore loin. La souffrance des arbres fait écho à la sienne.

Il boit le café déjà refroidi, il roule et allume une nouvelle cigarette, il se racle la gorge et cherche son souffle. Il se mouche, semble un peu se libérer de la paralysie. Mais ce n'est peut-être qu'illusoire. Il songe au village de Saint-Léger, si lointain, où sa compagne et lui se sont installés après de multiples pérégrinations, avec le désir affirmé de ne pas le quitter. C'était il y a plus d'un an, et le cancer s'est réveillé sans préavis, le projetant ici où l'assignent à résidence les cures de chimiothérapie. Mais mourir dans cette ville est la dernière chose à quoi il pouvait s'attendre. Aussi murmure-t-il chaque matin : je ne mourrai pas ici, ce serait trop bête. Mais que sait-il en définitive de la mort, qu'il a cru dans son enfance apprivoiser comme un animal de compagnie. Il a avalé deux comprimés du puissant analgésique grâce auquel il retrouve un peu ses esprits. Mais il a des pertes soudaines de mémoire, le nom d'un écrivain familier lui échappe, ou d'un lieu qu'il a connu, ou d'un ancien ami dont il a perdu la trace. Les médecins assurent que ce n'est qu'un effet passager du traitement, et qu'il ne faut surtout pas s'inquiéter. Mais il devine, lui, que c'est la suite d'un abandon, celui de Saint-Léger, où se languit cette précieuse part de lui-même que constitue sa bibliothèque dans le petit bureau dont la fenêtre ouvre sur le vieux cerisier, le lierre, la campagne libre au-delà du clos des Garennes.

Je n'ai, se dit-il, qu'une chose à faire : écrire un carnet de poèmes intitulé *Les Garennes*. Mais il se doute qu'une telle tâche risque de se révéler impossible. L'éloignement le dépossède.

Il reconnaît que son intime fréquentation de la mort, depuis l'enfance, ne lui a rien appris. La sagesse est à reconquérir jour après jour. L'amour aussi, pense-t-il, et j'ai mis du temps à l'apprendre. C'est banal, mais sait-on vraiment cela, est-ce bien gravé dans l'esprit ? Sa compagne est jeune et ses absences forcées le déroutent.

Ils ont vécu dans un nombre remarquable d'endroits avant de découvrir Saint-Léger, au bout d'une douzaine d'années. Il avait la soixantaine – il se trouvait toujours jeune – et de la mer à la montagne, le temps était rêvé. Il refusait d'éprouver les atteintes sournoises du mal, et s'attachait à s'approprier les paysages changeants, avec les yeux de l'enfance et la patience de l'âge mûr – ou l'impatience, il ne saura jamais.

Ce qu'ils cherchaient ? Le silence, la solitude, le havre au cœur d'un paysage. Non pas le pittoresque des agences de voyage mais la banalité souveraine d'un ancien monde.

Je ne tiens pas du tout à m'éteindre ici, dit-il, ici où je suis né par hasard, je n'avais pas le choix n'est-ce pas ? Ici d'où les oiseaux sont chassés, où le seul bruit est le boucan sempiternel d'une vie factice, dans cette ville dont l'âme s'est dissolue dans une prétendue modernité depuis la mort de ses vieux quartiers. Ici, il n'y a rien pour moi, si j'excepte quelques vieux amis médecins à qui j'ai bien dû faire appel. Je croyais encore, comme dans l'enfance, demeurer mon maître, mais il faut déchanter. La maladie prend le pas sur ma liberté. Et comment donc ne l'ai-je pas prévu ? Je suis en exil au pays de mon enfance. Et ce paradoxe risque bien de me tuer, alors que j'avais envie, besoin, de mourir dans un village de mon choix. Mais je sais maintenant que je ne pousserai pas l'ingratitude jusqu'à refuser les soins attentifs que l'on me prodigue.

Mais il ne met pas le nez dehors, sinon pour se faire conduire à l'hôpital par un ami. Personne, en somme, se répète-t-il, ne sait que je suis là. Et il y a si longtemps que j'ai déserté que l'on ne me connaît plus. Je suis vieux, je pense que les autres aussi ont vieilli, s'ils ne sont pas morts.

En plus d'un tiers de siècle, la ville s'est trompée d'avenir. Le massacre des lieux anciens l'a dénaturée au point de lui conférer cet air fallacieux qui abrutit. Si j'étais Néron, je la regarderais brûler du haut des murailles de Vauban. C'est ainsi qu'il s'exprime tous les matins, avec le simplisme d'un gosse.

Mais il doit d'abord écrire quelques mots ou quelques lignes dans ses carnets, déverser sa hargne et sa nostalgie. Or il sait qu'il est moins doué pour la colère que pour la mélancolie. Ensuite entreprendre les préparatifs d'aménagement quotidien de sa stomie, et finir par accrocher cette poche qui tient à son abdomen comme une coque au rocher. Quand tout va bien.

Sur son siège, il a superposé deux coussins. Ses fesses cousues et sa maigreur l'exigent. Les avatars de son corps ne l'ont pas rendu aussi invalide qu'on serait en droit de le penser. Car il résiste, pour peu que sa tête lui obéisse. Mais les analgésiques ne réussissent pas à tempérer la raideur douloureuse de sa nuque. Il faut souffrir, il l'a appris depuis l'enfance, et cela même a affaire avec la vie. Constat bien banal. Mais il s'agit de creuser encore et toujours le mystère de la mort.

Alors qu'enfant, il guettait la mort comme une amie, comme une sœur, il se surprend à combattre en esprit les métastases. Il suffirait, pense-t-il, d'inverser la prolifération des cellules, de me servir de cette énergie même pour les assaillir et les contraindre à se plier à ma seule volonté. En somme, forcer leur pouvoir anarchique à se mettre à mon service.

Chimère, évidemment. Or cette seule pensée le réjouit. Ce n'est plus un refus qu'elle oppose mais une alliance qu'elle propose. Le cancer n'est en réalité qu'une manifestation dévoyée de la vie. Conclure un pacte avec lui ne tient pas de l'utopie. Du reste, j'ai déjà accepté l'annonce du péril avec le sourire, un sourire spontané, peut-être un sourire de connivence, aux limites encore inexplorées, ou pressenties depuis le plus jeune âge, de ma conscience.

Le cancer n'est qu'un incident de l'existence, parmi bien d'autres. La douleur est une proie qu'il convient de maîtriser. La vie est envahie de souffrances qu'il s'agit de combattre plus ou moins en naviguant à vue. Les anciens ne prétendaient-ils pas qu'il faut guérir le mal par le mal ? Une utopie semblable est à l'origine des vrais progrès de l'homme et des circonvolutions de la nature.

L'épidémie de cancers est un avertissement que l'humanité ne semble pas encore prête à prendre en compte. Ce ne peut-être qu'un mauvais rêve, comme la peste ou le choléra. J'en parle à l'aise, évidemment, tel le thaumaturge que je ne suis pas, écrit-il. Je mourrai d'un autre mal que le cancer, mon corps perd ses organes vieillis et je ne peux faire face à tous les accidents à la fois. Je ne serai bientôt plus qu'une carcasse amputée de toutes parts, mais j'aurai apprivoisé le mal le plus sournois.

Je ne pourrai me fabriquer de nouvelles vertèbres cervicales, ni usiner des artères propres en état de fonctionner. Mais déjà la paralysie faciale, réputée pour ne disparaître – si elle doit disparaître – qu'au terme de longs mois, me semble en train de s'atténuer peu à peu, et les traits de mon visage se détendent légèrement. Il suffit de s'attacher aux signaux annonciateurs de salut, au lieu de se lamenter de ne voir partout que l'ombre de la mort.

La mort telle que je la concevais enfant était mon amie. Elle le reste, je l'avais presque oublié. Mais elle ne se trouve pas à l'endroit où on la cherche. Elle n'a pas quitté l'enfance, et c'est dans l'enfance qu'il faut la retrouver et renouer avec elle.

La saluer chaque matin comme la seule vieille connaissance avec qui nous pourrons longtemps encore jouer à cache-cache. La mort n'est pas adulte, elle est une jeune fille avec qui partager les plus sombres secrets, mais aussi les joies les plus inattendues. Survivre est un miracle quotidien.

« Être homme, note Perros dans ses *Papiers collés*, c'est d'abord et finalement être moyen de métamorphose... » La paralysie faciale n'était qu'une anodine métamorphose. Mais peut-être aussi un leurre tendant à lui faire oublier l'essentiel. Une diversion.

Ce qui n'était qu'un jeu est devenu un combat aux armes inégales. Pour la mort, la fin justifie les moyens. Et Perros est mort terrassé par son cancer.

*Et puis de nous ne reste qu'une fable...*

Ce dizain de Mellin de Saint-Gelais, il se le répète à l'envi. La mémoire métamorphose aussi l'être disparu, ou vivant ailleurs où nul ne peut l'atteindre.

Il se tient immobile devant sa table, la tête enrubannée de douleurs, le front penché, les mains un peu tremblantes. Je n'ai rien à faire, pense-t-il, sinon me confire en attente. Dès les premiers jours pourtant, il est entré en résistance. Ses plus lointaines impressions, ses sentiments natifs, l'ont convaincu de se trouver en face d'une ennemie congénitale, dont il lui incombait d'obtenir les faveurs envers et contre tout. Ce fut d'abord sa mère, mais il a vite compris qu'il se trompait. C'est vrai que le visage de sa mère fut d'abord celui de la mort, mais il a compris qu'il dissimulait un autre visage, dont elle ignorait la présence.

En 1914, ma mère avait quatre ans. Que sais-je donc d'elle en définitive. Souriante, dix ans plus tard, atteinte d'une forme d'aliénation mentale, elle cherchait désespérément à me faire partager des bribes de son enfance. Je suis morte, disait-elle, mais écoute-moi. Elle se mettait à fredonner des comptines flamandes, allemandes, anglaises avant de retomber dans la prostration. Était-ce, ou serait-ce, la mort? Moi aussi, il m'arrive de renouer avec de vieux couplets que je croyais oubliés:

Moriaantje, zwart als roet
Gaat nu wandelen zonder hoed
De zon schijnt op zijn bolletje
Daarom draagt-hij een parasolletje

*Le petit Maure noir comme suie*
*Va se promener sans chapeau*
*Le soleil brille sur son crâne*
*Pour quoi porte-t-il un petit parasol*

Ce n'est cependant pas de ma mère que je tiens cette comptine, mais de Jan Prins, le fils cadet, champion d'échecs et de rigolade.

Je me suis évertué à me promener sans parapluie moral. Je parle de cette morale fabriquée qui tintinnabule dans les cervelles crochetées.

J'ai oublié beaucoup de ces comptines, et si je me la rappelle et la chante un jour prochain, ce sera la mort de l'enfance (car je reste un enfant), la mort appelée dans l'enfance.

Je ne m'intéresse pas, dit-il, moi-même à ce que j'écris. Le cancer a bon dos. Je n'ai pas de cancer, je le rêve, je l'incarne à volonté, je le désincarne, il disparaît pour reparaître avec la morgue d'un dictateur, ou d'un simple prétendu démocrate.

Il prétend donc ne pas se préoccuper de lui-même alors qu'il ne cesse de s'observer dans le miroir fendillé de sa fumeuse poésie. Certes c'est moi, son ami, ou son double, qui trace son portrait, mais en quoi me laisse-t-il libre d'aller et venir dans mon existence.

Il s'est inventé dans son enfance un beau lot de pseudonymes et d'hétéronymes alors qu'il ignorait ce que les mots veulent dire. Évidemment, le dictionnaire le lui a appris. Plus tard, bien plus tard, vint la lecture d'Alvaro de Campos et de Pessoa, qu'il a mis un certain temps à relier l'un à l'autre. Mais nous n'en sommes pas là.

C'est ma vieille enfance qui me poursuit, note-t-il, l'enfance de Macache et de l'école buissonnière, l'enfance des griffes du houx et des piqûres d'ortie.

L'enfance du coude de l'Arton où les demoiselles trempaient frileusement les pieds en poussant de petits cris. Mais cela c'est encore plus tard.

L'enfance des trains bondés à craquer sous les bombardements. Je me fiche bien du cancer s'il m'aide à me souvenir. Je lui en suis plutôt reconnaissant. Ma gratitude va aux tumeurs précises, qui manient alternativement l'épée et le goupillon. Derrière mon œil qui ne se ferme pas et pleure se déroulent des scènes fugaces, où je reconnais ici et là des personnages abhorrés ou éblouis. Il y a certes le grand-oncle Arnest avec sa lavallière des dimanches et des jours de Grand Prix. Et mon grand-père bougonnant pendant les discours de Conférences horticoles. Mais j'ai connu le malheur de devenir un jour un de ces intellectuels dont je me gaussais en titillant mes petites amies. Ce fut plus tard, bien sûr, et par chance cela n'a pas duré. Mais là se trouve l'origine incontestée du cancer.

Si je me raconte une histoire, sera-ce jamais la mienne ? Il y a si longtemps que je ne vois plus défiler *les beaux nuages de Barbezieux* depuis le seuil de la demeure où je me terrais jadis, dans le faubourg d'Angoulême. J'aurais pu connaître Chardonne et Paulhan, Morand, Martin du Gard, Arland, Thomas et Lubin, Supervielle et Michaux. La liste serait longue et j'en oublierais encore. Seul Dhôtel m'a fait la grâce de m'écrire, par le biais de Patrick Reumaux, et nous nous sommes vus très souvent, à Rethel où j'étais réfugié, ou au Mont-de-Jeux perché sur le versant abrupt de la vallée de l'Aisne.

De cette génération-là, ceux que je cite et bien d'autres, Cayrol, Emmanuel, Mac Orlan, Carco, je fais partie en me cachant comme un voleur. Je crains d'avoir un peu laissé à l'abandon l'héritage de Rimbaud, mais pas celui de Verlaine ou d'Apollinaire.

Je me suis attribué plusieurs pères parmi lesquels Max Jacob, Desnos et Fondane. Ce fut ma manière à moi d'être orphelin.

Le jour s'est levé, c'est une aube triste et pas une feuille ne bouge. Il observe le ciel d'un bleu clair légèrement poussiéreux et referme son carnet.

Larbaud était aphasique lorsque je crois être né, murmure-t-il. Il n'a jamais quitté ma pensée et, lorsque des événements bizarres m'ont nanti d'une petite fortune, je me suis précipité à Florence pour entrevoir Barnabooth.

*Ah ! Je voudrais que ce bruit et que ce mouvement*
*disent ma vie indicible ma vie*
*d'enfant qui ne veut rien savoir*
*sinon espérer éternellement des choses vagues*

Il cite de mémoire et dit, j'ai la mémoire qui flanche. Elle erre je ne sais où, et ne veut rien savoir. Alors j'ai collectionné les soldats de plomb (c'était ma dixième année). Je me les procurais grâce au grand-père et je lui confiais la collection, dans la crainte qu'elle me soit confisquée par ma mère. Les occasions de me priver de mes trésors, mes livres évidemment, n'étaient pas rares.

Il me semble avoir toute ma vie espéré des *choses vagues*, les avoir entrevues sans pouvoir les saisir. Les frôler seulement, comme on frôle une jeune fille de passage que l'on ne reverra jamais. Comme j'ai frôlé

Coby la Sud-Africaine à Deventer, un long soir, chez son cousin Marten-Piet, avant de la perdre dans le Binnensingel où nous avions rendez-vous la veille de son départ. Et le nom de Durban, où je n'ai jamais été, rayonne encore en moi comme une bille de cristal.

Je me suis forcé à oublier Coby, mais je la revois aujourd'hui comme hier, avec sa longue chevelure d'un blond cendré, ses yeux bleus aux paupières comme translucides, son port de reine d'un autre temps, sa très longue robe légère et non, je ne peux oublier que de minces détails, de trop minces détails qui, si je tente de les ramener au jour, environnent la jeune fille tout entière d'un halo lumineux qui l'éloigne de moi.

Même pas un nom de famille auquel me raccrocher (van Harte, peut-être, comme ses cousins), un seul nom de famille qui, à Durban où je me promettais d'aller, m'aurait servi de sésame et de clé du bonheur adolescent. Plus tard, il y eut deux autres Coby, exclusivement élues pour leur prénom, jolies sans doute, belles même, et qui me rappelaient trop la Coby perdue alors que je voulais, me leurrant, qu'elles fussent pareilles à leur modèle. Qu'elles devinssent le modèle même.

Ainsi me suis-je un temps arrêté de vieillir, obsédé par un prénom dont celle qui l'avait porté n'entrait jamais dans la peau de ces autres qui l'insultaient. Même la sœur de mon ami Frits, gironde à damner un saint, de deux ans mon aînée, ne réussit pas en dépit de son allure et de sa vivacité à me faire plonger dans cet oubli que j'espérais et duquel en moi quelque fidélité saugrenue me détournait.

Encore aujourd'hui... mais non, il se contente d'évoquer ce qui fut sans conteste une des périodes privilégiées de son adolescence. Il avait seize ans, il fréquentait le gymnasium de Deventer et jouait au billard chez Gil avec Wim et Frits, ses amis les plus fidèles. Et l'amitié tenait dans sa vie une place quasi familiale, à laquelle il était d'autant plus attaché qu'elle était inattendue. Il fallait tout laisser, hormis ces liens qui lui paraissaient indissolubles.

Ces années furent celle d'un apprentissage, celui de la sociabilité. L'asocial qu'il croyait être, ou du moins qu'il était enfant, devenait la coqueluche du gymnase et faisait merveille au tennis comme au billard russe. Il n'avait pas eu à se préparer à l'exercice de la boisson forte, son grand-père et le grand-oncle l'avaient en secret initié au madère comme au kummel, au vin vieux comme au genièvre. Seule la bière ne l'enchantait pas. Il ne renonçait jamais au coup de l'étrier, qu'il s'empressait de redoubler, voire de tripler en se moquant des petites natures. Ivrogne ? Pas encore. Il attendait son heure, et gardait la tête froide.

La tête froide, c'est beaucoup dire. Il était un exalté de l'intérieur, dût-il ne montrer qu'une apparence de désinvolture et d'impassibilité. Devant les êtres les plus dangereux et menaçants, il restait de marbre. D'un ennemi, son calme souvent faisait un ami, d'un adversaire enragé un complice. Cela encore ne s'explique guère que par les traces de l'enfance. Il avait très vite pris le parti du silence, voire du dédain, devant les menaces ancillaires et les débordements – ou la froideur – maternels. Ne bougez pas, je vous regarde, je vous juge, et je vous condamne. Oubliez-moi, je vous oublierai. La mère le traitait de prétentieux et de rebelle. Rebelle, certes, elle ne cessait d'en faire un de lui.

– Ravale ta morve. Et ta morgue ne m'impressionne pas.

La peur en ses retranchements intimes n'avait pas disparu. Mais peu à peu il réussissait à la dominer. Je suis un trouillard, admettait-il au fond de lui. Mais de ma peur il convient de faire mon alliée. La peur est un animal sauvage, elle peut être féroce. Je ne dois rien montrer au-dehors. Le calme et le silence.

Exacerber l'ennemi, ou le réduire à sa propre vanité. N'est-ce pas ainsi, se dit-il, que je réagis à l'assaut des maladies ? L'invasion des métastases, lorsqu'elle me fut annoncée, ne m'inspira qu'un très léger sourire en coin.

– Ne riez pas, observa le chef de service, je suis sérieux (comme si le sérieux y changeait quelque chose). On essaie de vous prolonger un peu la vie.

– C'est une bonne nouvelle, non ? Du reste, je savais intuitivement à quoi m'attendre. Je suis prêt.

Sa mère aussi, quand elle le gourmandait, s'exclamait qu'elle en avait assez de son sale petit sourire. Je te le rentrerai dans la gorge. Tu seras puni, tu es un insubordonné. Ensuite était venue la gifle.

Une gifle, la pire expression du mépris. Des larmes sont apparues, mais c'était des larmes de rage. Il n'y eut pas de gifle à l'annonce de la prolifération des tumeurs.

Peur de souffrir ? Mais il a souffert déjà, au-delà du supportable, ce qui ne l'empêchait pas d'accumuler les poèmes. Peur de la mort ? Ce qui n'a pas de sens. La mort n'est rien, ou alors un passage à l'absence de vie. Le vieux Socrate a tout dit.

Certes l'idée de mourir n'est guère réjouissante. Mais l'étrange est que l'on s'y fait, avec un minimum de philosophie. Quitter un monde à la dérive, crapoteux et borné d'écrans, recuit d'artifices, secoué de séismes, et le pire, peuplé d'humains dévastateurs appliqués à réaliser leurs cauchemars à force de paradoxes branlants, voilà qui s'impose comme la seule heureuse perspective.

En Bourgogne, dans ce village qui était devenu le mien, après la Hollande, le père Jannin s'exprimait peu mais bien :

– Mourir ? J'ai failli mourir. Ce que je vis c'est du rab. Je regarde ma vigne et mon jardin. L'*actualité*, foutaise. Je mange les pommes de mon clos.

La perspective bien ancrée de la mort est un nouveau printemps. Ainsi s'exprimait le vieil homme en tricotant des écharpes pour ses petits-enfants. Ce tricot était un symbole qui ne lui échappait pas. C'était une étrange image d'une sereine attente. Ce retraité de la SNCF devenu obèse et dont le cœur encombré de graisse risquait à chaque instant de déclarer forfait, ce *vivant* comptait les points du tricot avec son inaltérable sourire de connivence.

– Je partirai en tricotant.

Je partirai en scribouillant, murmure-t-il en ce matin brumeux de novembre. J'ai détesté mes parents et je suis puni. Or, ma mère n'était pas détestable. Seulement plongée au plus profond d'elle-même où devait stagner le malheur et je ne sais quel fiel dont il était l'entretien, le moteur plutôt. Je n'ai fait que romancer mon enfance à mesure que je prenais confusément conscience de mon étrangeté. Car, quoi qu'il arrivât, je ne me sentais pas là chez moi.

C'est loin d'être une exception. Mais comment ne pas penser, par exemple, que Marie-Thérèse, la bonne, n'avait été engagée qu'en vue d'exercer sur ma personne une espèce de terreur nazie. J'avais quatre ans, j'avais appris seul à lire, et j'entendais quelquefois chuchoter les adultes, le nazisme était là, subtilement omniprésent, visible dans la rue et consacré par les uniformes, j'en étais le témoin, les mots *guerre* et *occupation* s'étaient très tôt introduits dans mon vocabulaire, alors comment ne pas éprouver à l'égard de Marie-Thérèse le sentiment d'horreur que m'inspiraient les vocables de nazi, d'occupant, de criminel et le sigle S.S. Mais Marie-Thérèse, cette teigne, était peut-être elle-même en proie à la peur. Et j'étais l'être faible et démuni sur qui s'exerçaient les effets de la peur.

Il ne s'est jamais éloigné de l'enfance, l'enfance où tout est vrai lorsque tout est faux. Non, l'enfance demeure en son esprit la seule vérité, il n'importe pas qu'elle soit controversée. On ne peut la supprimer d'un trait de plume. Elle est à la fois blanche et noire comme la poésie. Obscure et lumineuse. Il s'étonne qu'aussi rares soient les personnages de la vie qui aient recours à l'enfance, leur propre enfance, en face du mystère intégral que constituent le corps et l'esprit, les sens et la prescience de leurs propres enfants, qu'ils veulent à tout prix modeler à la forme des adultes qu'ils sont devenus. L'enfance incomprise – qui souhaite et refuse d'être comprise – se déroule dans ce *jardin secret* que Larbaud a si sensiblement décrit dans *Enfantines*. Larbaud le collectionneur de soldats de plomb.

L'enfance sous l'occupation nazie connaissait une espèce de double et contradictoire évolution. Il y avait ce que l'on cache aux parents alors qu'ils ignorent ce que l'on est en mesure de deviner et de savoir. Il y avait chez la plupart des « occupés » la haine secrète de l'occupant traduite par d'étranges sourires, et, chez certains, par des actes devenus hautement répréhensibles, dans la nuit où rôdait la mort. L'enfant savait cela, devinait tout, dominait tout, devenait cette espèce de Janus qui pouvait se muer en traître ou en héros, non seulement dans ses rêves, mais au plus voyant du réel. Encore n'était-il pas, lui, un petit Juif terrorisé, mais joueur, écrasé mais fulminant de vie, un petit Juif à qui la vraie mort faisait les yeux doux. La plus patiente déchirure se trouvait là, et l'enfant aurait voulu être né Juif. Être contraint à l'anonymat, à la réclusion volontaire, à la fuite, au silence, aux jeux interdits, à la prescience de la catastrophe devinée au-delà des sentiments et de la peur des adultes. Feindre était imposé par l'état du monde. L'existence empruntée se développait à l'instar d'un cancer dont il s'agissait de masquer les avancées. On devenait soi-même enfin tout entier ce cancer.

Le secret pouvait être à chaque instant éventé. Il était devenu une maladie à quoi la mort semblait préférable. Une aberration du naturel.

L'enfant prétendait faire siennes les affres des clandestins. En cela encore homme et presque vieillard devenu, il n'a pas changé. Mais à quoi bon souhaiter sans *réaliser*? La guerre risquait surtout d'installer l'atrophie, de ne susciter que le rêve ingrat, le songe creux. La rumination ne pouvait être qu'un marécage malodorant.

Certes le danger existait bien, car un appentis, dans le parc entourant la maison, abritait, bien camouflés, une presse typographique d'où naissaient un mensuel clandestin et des tracts destinés à un peuple qui devenait amorphe. Des hommes en fuite, réfractaires, aviateurs, évadés, étaient subrepticement hébergés la nuit dans la demeure où l'enfant repoussait le sommeil. Peut-être trouvait-il ainsi confirmation de la réalité des fantômes.

D'un mince ouvrage de Julien Gracq dont il ne s'est jamais séparé, quelles que soient les circonstances, depuis sa prime jeunesse, il aime à recopier la première phrase, à défaut du livre entier : « La France, qui s'est si longtemps méfiée du billet de banque, est en littérature le pays d'élection des valeurs fiduciaires... » C'est *La littérature à l'estomac*. Rien n'a changé, se dit-il, au contraire ça va de mal en pis.

Que vient faire ici cette citation, rien, sinon qu'elle tend à exprimer son triste étonnement en face de la « production » littéraire française d'aujourd'hui, et dire combien ce qui se gave du nom de littérature a perdu tout attrait pour lui, si l'on excepte quelques rares écrivains inspirés comme Martin Page ou Modiano, Réda ou Jaccottet, qui tiennent encore les rênes du siècle qui a précédé celui-ci. Un autre de ses écrivains fétiches, Raymond Dumay, n'était pas loin de Gracq en publiant à la même époque *Mort de la littérature*.

Mais il suffit de lire Joubert, et voici déjà : « Les anciens donnèrent du vin de première cuvée, et nous faisons du vin de marc. Nous avons quelque chose de plus corsé, mais de moins fin. Ils étaient plus loin de la lie. »

L'art du *clair-obscur* qu'attribue Joubert à la musique tient aussi de la « vraie » littérature. Nous ne lisons plus aujourd'hui que le béton gris des mots, et la fantaisie de lui donner forme ronde ou carrée, rectangulaire ou pyramidale, mais cela reste du béton, fût-il agrémenté de fioritures.

Enfant, j'avais la sensation de fluidité des livres, et que « la beauté de Claire c'est elle-même », selon Chardonne, constituait un exemple sans pareil d'une initiation à ce qui devait suivre et révélerait sans l'occulter un mystère musical.

Enfant, j'avais, si j'ose dire, le livre et la littérature et la poésie dans le sang. J'avais au cœur cette liberté mesurée de la prose de Chardonne ou de Nerval. J'aurai passé ma vie dans l'espoir de la retrouver. Si l'on me surprenait la nuit dans ma chambre, ou même, sur une marche de l'escalier des combles, une chandelle tremblotante à mon côté, j'allais, selon ma mère, m'user les yeux, et j'expliquais que Montaigne (Montaigne !) écrivait à la lueur de la chandelle, comme tant d'autres, et lisait de même. Ma mère enrageait mais il y avait aussi dans son regard une sorte d'étonnement embrumé. Non, plutôt comme si son regard d'abord aveugle vacillait. Le livre était confisqué, la chandelle éteinte, et j'étais *manu militari* reconduit dans ma chambre où, quoi qu'il arrivât, m'attendaient mes fantômes familiers.

Chardonne était un cadeau précieux de mon grand-père, à qui l'épuration – une certaine épuration motivée par de bas instincts de haine – donnait des nausées. Il y avait aussi tous ces numéros de la *NRF* d'avant-guerre qui me transportaient d'impatience et de joie. Je pouvais les consulter chez lui, dans la grande demeure des Ormeaux, avec la fébrilité du prosélyte. Évidemment, Chardonne, rue Sainte-Berthe, avait disparu, m'ayant été confisqué dans l'escalier des mansardes.

– Tu ne peux rien comprendre à ce que tu lis.

– Et grand-mère, sans doute, ne comprend rien à Jean-Sébastien Bach, puisque tu prétends que ta mère est une vieille folle. Elle jouait du piano à mon âge (j'avais dix ans). Faut-il comprendre, ou sentir ?

Peut-être ne me suis-je pas exprimé dans ces termes mêmes, mais l'idée, je me souviens, l'idée y était, ce qui provoqua, une fois de plus, une large dispute au repas du soir. Privé de dessert comme d'habitude, j'ai cette fois réagi en proférant ce qui, à mes yeux, était la pire injure :

– Vous êtes des nazis.

Il avait observé, chez le grand-père, des œuvres de caricaturistes à l'époque de l'Affaire Dreyfus. J'espérais que mes fantômes se mêleraient à la bagarre. En tout cas je fus traîné dans la cave où je me suis étalé en trébuchant. J'ai encore hurlé le mot tabou, le mot nazi, jusqu'à ce que Marie-Thérèse, déléguée pour me faire taire, entreprît de me bâillonner après m'avoir avec peine lié une main – par surprise aussi – à un tuyau de la chaudière à charbon.

Une heure plus tard, mais le temps ne comptait pas, ma mère est apparue en haut des marches. Tu m'entends ? a-t-elle crié. Ce cri était froid comme la cave et comme ce que j'imaginais être son regard.

– Nous avons décidé, ton père et moi, de t'interdire toute lecture qui ne soit pas scolaire et toute visite à tes grands-parents ou à ton grand-oncle. C'est sans appel. Tu passeras la nuit ici, dans la cave.

Le lendemain, il avait la fièvre.

Ce n'était pas étonnant puisqu'il avait fini par s'endormir sur la terre battue, alors que deux lits de camp, dans le réduit voisin, attendaient depuis quatre ans le résistant ou le parachutiste de passage. Mais la guerre s'était déplacée, elle se poursuivait ailleurs, par peuples interposés. Elle devenait froide aussi, comme cette nuit d'automne encagée.

Libéré à l'heure du petit déjeuner, il s'était entendu dire, comme un reproche, qu'il avait mauvaise mine. En vérité il tremblait de tous ses membres, et risquait la chute au moindre mouvement.

– Est-ce que tu retires ce que tu nous as dit hier ?

Au lieu de répondre, il s'était effondré, mais avec une sorte de malin plaisir. Et s'était souvenu qu'il avait un jour aimé sa mère. Un souvenir éclair, brûlant et fugitif.

Il marchait sur le pont du chemin de fer de ceinture, tenant la main de sa mère. Des soldats allemands gardaient le pont. Un officier s'était avancé, l'arme à la main, pointée vers sa mère d'abord, vers lui ensuite, et avait prononcé d'un ton menaçant des mots dans sa langue, qu'il ne pouvait évidemment comprendre. Sa mère avait répondu dans la même langue, à la surprise de l'officier. Il y avait eu, semble-t-il, une vraie conversation, le lieutenant avait remisé son arme, avait lancé un ordre, deux soldats s'étaient détachés, nous avaient salués au garde-à-vous et accompagnés de l'autre côté du pont.

C'est ce jour-là qu'il avait décidé d'aimer sa mère. À la réflexion, plus tard, il s'est demandé si ce n'était pas pure lâcheté de sa part. Et le souvenir avait disparu. Rien de tel, pensait-il, ne s'était produit.

Il fallait tout de même admettre que sa mère, qui enseignait l'anglais, parlait aussi bien l'allemand, qu'elle devait du reste enseigner plus tard dans le même lycée de la ville.

Ce lycée duquel dépendait l'école élémentaire qu'il était bien obligé de fréquenter. Il était, lui, fils de professeurs (le père enseignait le français, les lettres disait-on), si bien que la plus anodine absence était remarquée, et faisait l'objet de commentaires dans les couloirs.

Ce jour-là on le mit au lit avec toujours la même froideur. Et quand le docteur Dick est arrivé, il n'y avait plus que Marie-Thérèse à la maison, et dehors, son vieil ami le jardinier Léonard, père d'un jeune policier qui avait échappé à l'Allemagne en prenant le maquis. Le jardinier Léonard, appuyé sur le manche de sa bêche, se roulait une cigarette – ou bourrait une pipe, selon qu'il faisait clair ou gris.

Là, c'était une cigarette, il se le rappelle comme un détail unique, encadré dans la fenêtre de sa chambre. De la maladie, il n'a au fond que des souvenirs inventés.

Le docteur Dick lui avait tenu compagnie jusqu'à midi, lui si occupé. À l'arrivée des parents, il avait pris congé d'un serrement de mains, et était descendu au rez-de-chaussée. Rêvait-il déjà, ou avait-il vraiment entendu le docteur prononcer ces mots :

– À force de contrarier cet enfant, vous finirez par le tuer. Il n'a rien qu'une forte commotion, mais que s'est-il passé ?

C'était dans le vestibule qu'avait ainsi interpellé les parents leur ami Dick, ancien résistant comme eux, médecin spécialiste de l'enfance. Lui s'était glissé dans l'embrasure de la porte de sa chambre, et avait entendu.

Faut-il le croire ? C'est vrai que les paroles résonnent dans le vestibule jusqu'au palier de l'étage, et que si l'on tend l'oreille une conversation peut être surprise.

Il a regagné son lit avant l'arrivée brutale – tout en elle est brutal – de Marie-Thérèse.

– Te rends-tu compte que c'est de ta faute si tu es malade ? Au fond, c'est une juste punition.

Marie-Thérèse ne se privait pas de parler haut et fort, dans l'espoir d'être entendue de ses maîtres, trop indulgents à son gré.

Ainsi, se dit-il ce matin où les douleurs avivées par les métastases se sont calmées, où la paralysie tend à régresser, ainsi pense-t-il encore comme Marie-Thérèse. (Ces deux prénoms accolés, la mère de Jésus, la sainte Thérèse d'Avila !). Je suis coupable de mon cancer. J'en ai une vieille habitude, de cette culpabilité. Elle m'a suivi partout, et, il faut le reconnaître, je lui dois sans doute une forme de talent. Coupable talentueux, ça me va bien. Enfin je n'ai pas perdu le sourire, je ne suis pas dégradé à ce point. Je mesure encore ma chance. Car la chance n'est pas nécessaire aux innocents. Elle sourit aux coupables.

J'ai fini par croire – à des moments suspendus – que j'étais tout de même le plus abominable des êtres de la

Création. À propos de Création, ma mère croyait au Dieu vivant et éternel comme la belle Castillane qu'elle était par son ascendance à la fois paternelle et maternelle, puisque ses parents étaient cousins germains (et avaient d'ailleurs attendu bien longtemps avant d'être autorisés à conclure leurs noces).

C'est une anomalie rare (à l'époque) qui ne lui suggérait rien d'autre que d'épouser une de ses cousines sud-américaines. C'était bien avant de connaître la Hollande et les diverses Coby. Il était en réalité très fier du cousinage de ses grands-parents. Il comprenait mal que cette grande et splendide femme d'une austérité sans bornes fût sa mère. C'est aujourd'hui qu'il pense à ce mystère de façon consciente, car il fut longtemps trop obnubilé par la redoutable passion qui malgré lui les unissait pour en prendre l'exacte mesure. En réalité, il ressemblait à sa mère, non seulement physiquement (ce qui, s'en rendant compte vaguement, le mettait en rage), mais aussi mentalement par son don des langues ou ses accès de mélancolie aiguë.

Mais lorsqu'il glapissait « tu n'es pas ma mère », il était secrètement convaincu du contraire. Une trop évidente ressemblance confine à l'osmose ou à la haine de soi. Ou plus naturellement à l'inceste, un mot (une chose ?) qui le fascinait. Aussi s'inventait-il une sœur qu'il aurait épousée, à défaut d'épouser sa mère. C'est une vieille histoire, mais qu'en savait-il ? Il n'avait lu ni ne lirait Freud, et la mythologie, en le fascinant peu à peu, l'ennuyait aussi ou lui faisait peur. Il trouvait confuse et morbide toute cette imagerie que déroulait un livre à couverture verte découvert chez le grand-père. Or n'était-il pas lui-même en train de vivre une de ces histoires ?

Le propre de la toge candide est d'élever l'enfant au rang des dieux, mais dans l'innocence du destin. Et son ignorance ou son aveuglement. Ou encore la prescience du plus intime des débats. Les dieux n'avaient eu qu'une enfance légendaire, qui se résumait à quelques mots stéréotypés.

Je suis, se disait-il avec orgueil, la preuve que le mythe est réel, et que j'en suis l'acteur. Mais la confusion et l'incompréhension le saisissaient à nouveau, et, à sa grande honte, il ouvrait un album de bandes dessinées.

En ce matin de mi-novembre, le ciel est uniformément gris clair. C'est le ciel d'ici, et celui de l'enfance, quand aucun souffle de vent ne le remue. À travers les arbres très dépouillés du parc, il peut voir de sa fenêtre, pour la première fois depuis son arrivée en été, le scintillement noir de la rivière endiguée, au courant presque imperceptible. C'est un décor neuf, auquel il pense pouvoir enfin s'attacher un peu.

C'est aussi le grand silence d'un dimanche d'automne, avant le branle des cloches de la cathédrale. Cet appel ira se représenter et provoquer de longs échos sur les murailles de la citadelle qui domine la ville.

Ce pourrait être un dimanche d'octobre, celui de sa naissance. Mais on ne se fie plus à l'autorité d'un climat qui ne cesse de se bouleverser. L'automne est devenu cet entre-deux qui ne se ressemble plus. On dirait que les métastases, quant à elles, ont déposé un préavis de grève. Les douleurs qu'il éprouvait – sereinement – ont presque disparu. Il pense que c'est bon signe, ou qu'au contraire cela suggère une avancée sournoise du mal avant de nouvelles exigences.

Il en saura davantage, peut-être, lors de son prochain rendez-vous avec l'oncologue compréhensif et averti qu'il a appris très vite à respecter. Ils se connaissent maintenant depuis des mois, et l'état de confiance mutuelle qui s'est vite installé n'a fait que se renforcer.

J'étais un personnage de la nuit. Je suis devenu sans transition une sorte d'écrivassier du matin, qui rêve encore aux romanichels d'Albert Vidalie et aux arcans de Mac Orlan. Il est devenu temps d'écrire puisque c'est une façon de vivre, et j'ai le sentiment étrange de soigner le cancer avec des mots. Illusion, bien sûr, mais de quoi vivons-nous sinon d'illusions perdues et sans cesse renouvelées.

Mais si je survis au cancer et à ses récidives, qu'écrirai-je ? Je n'aurai plus guère de sujets de conversations avec moi-même.

Pour en revenir au traitement des métastases, inépuisable motif à palabrer, je dirai que le complexe d'infériorité qu'elles engendrent s'est un peu déplacé, sans tout à fait disparaître. Mais la rémission pourrait aussi donner à envisager le pire, la duplicité demeurant la *qualité* primaire de la récidive. J'ai bien supporté jadis (comme ma mère, cela est étrange, a supporté la perte d'un rein), j'ai sans souci admis que l'ablation de l'uretère et du rein gauche n'était qu'un avatar de ma nature. J'ai cru dominer, des années plus tard, la disparition par amputation de mes viscères. C'était un inconvénient qui ne me touchait guère, sinon qu'il me privait de certains aliments en me contraignant à la discipline de l'appareillage quotidien de la stomie.

Mais là, l'amputation n'a pas suffi. Une fleur vénéneuse était restée dans mon corps, déposant ses graines noires du cervelet aux surrénales. Quatre ans plus tard, la mort soudain m'était permise à bref délai.

Dirai-je que je la sentais venir ? Bien sûr, comme tout humain s'engageant sur la voie sinueuse et rocailleuse du grand âge. Ni plus ni moins. Je la fréquentais en pensée, la mort, depuis mon enfance, et d'aussi loin qu'il soit possible de m'en souvenir. Mais il s'agissait bien entendu toujours d'une fausse mort, idéale, à qui je m'adressais comme à une ennemie, voire même une amie, intime.

Mon enfance ne fut sans doute jamais aussi malheureuse ou contrariée que je le prétends. Sans elle, je ne serais pas là, ou je serais ailleurs, toujours ailleurs, dans ce *no man's land* de la vieillesse aveugle, ordinaire et supplétive.

Aux dernières nouvelles, les marqueurs tumoraux ont baissé, alors que le bombardement de la chimiothérapie était interrompu. Qu'en penser, rien. Si ce n'est que le cancer use de tous les leurres.

Aux dernières nouvelles, Camille Bryen composait une *ballade de la faim* :

*Faim de soir et faim de nuit*
*frappant les outres des jours*
*feuilles des étoiles et des ponts*
*nuages de têtes et de sons*
*allumez vos pipes en terre...*

C'était en 1941, j'aurai bientôt deux ans.

Le livre s'intitule *Langue d'oiseau*.

Son œil n'a pas cessé de larmoyer depuis qu'il écrit chaque matin, comme délivré du cancer au profit de la paralysie. Or, mystérieusement, son visage reprend peu à peu figure humaine. Il aura fallu cinq mois, mais rien n'est sûr. Tout peut basculer à nouveau. Tout, comme chaque jour et chaque nuit.

Il fume davantage, il se nourrit aussi davantage, depuis que ses lèvres peu à peu reprennent forme. Son optimisme a cessé d'être borgne, plus ou moins. Mais il n'est pas aveugle. Si la pensée de la maladie ne le hante pas, c'est qu'il constate qu'il n'a pas peur de la mort, qui n'est guère qu'un concept à la réalité douteuse. Enfin non, la réalité n'en est pas douteuse, la mort c'est encore et toujours *autre chose* à quoi rien ne ressemble, sinon *le silence éternel des espaces infinis*.

– Je ne me suis pas senti aussi bien depuis un an et demi. Serait-ce la rémission qui annonce la fin des haricots ?

Il dira cela au docteur V., mardi prochain (dans deux jours) et il sourira. Il imagine déjà la réponse :

– Peut-être, mais comment savoir. Au fond des choses, il y a toujours un mystère.

Il a beau dire, c'est à ce mystère qu'il attache sa pensée, sachant que c'est aussi héroïque qu'inutile. Héroïque n'est qu'un gros mot, supprimons-le. Dire que j'ignore où je vais, et que j'aimerais cependant savoir (le pire, évidemment) serait plus juste ?

L'abhumanisme d'Audiberti lui apprendrait-il quelque chose ? Audiberti termine *Dimanche m'attend* et meurt. Il aimerait relire *Dimanche m'attend*, et survivre. Mais les livres sont au loin, dans la maison de Saint-Léger, et il s'imagine qu'ils se languissent d'être caressés, entrouverts, tenus en main, révélés. Lire et relire, surtout relire, tous ces volumes qui l'attendent, si loin, si *nécessaires*, et si plongés dans l'ombre de la demeure désertée de force. Les amis secrets, Montesquieu, Benjamin Constant, Jacques Cazotte, Diderot, tant d'autres qu'en citer seulement les noms occuperait des pages, mais au fond quelques pages seulement, car il s'en tiendrait à l'essentiel. Joubert, Montaigne, Nerval sont ici. Ils sont aussi là-bas, donc tout n'est pas perdu. Et Stendhal, or hélas rien de Chardonne, mais il attend avec impatience la toute prochaine parution de sa correspondance avec Morand.

Ici se trouvent aussi Morhange avec *Le Sentiment lui-même*, Michaux pour l'essentiel, Scève et Charles d'Orléans, Clément Marot et même Rimbaud comme la poésie de Queneau, de quoi donc me plaindrais-je ? Étrange de convoiter toujours ce qui manque alors que l'on oublie ce qui est là, si proche et si familier que cela même ressemble à une absence.

Mais quelle distance est-elle requise pour parler de soi parmi les livres élus, les écrivains familiers ? Rien encore ici de Chardonne ou de Paulhan, qui me sont comme consubstantiels. Rien de Dhôtel, et cela sans aucun doute est plus grave encore, puisque ce fut un maître pour moi depuis *Le Plateau de Mazagran*.

Il avait commencé à rédiger un livre « sérieux » mais pas trop, sur le pianiste du Mont-de-Jeux. Peut-être finalement l'écrira-t-il, en retrouvant la liasse de fiches préparatrices. Il fondera sa propre sensibilité à travers des œuvres de Dhôtel, qui le mènent à Follain, Lubin ou Noël Delvaux. Et bien d'autres, alors que l'univers de Dhôtel ne doit rien à aucun autre, sinon, comme disait Paulhan, à Dickens, mais cela n'était qu'une boutade néanmoins non dépourvue de sens.

Mais laisse donc cela, veux-tu, cet ouvrage doit demeurer un mythe.

Il y a trop à dire, et cela fut admirablement dit par Patrick Reumaux dans *L'Honorable Monsieur Dhôtel*, alors même que l'œuvre était encore en chantier. Mais la prescience de Reumaux, poète fraternel et mycologue merveilleux, a fait œuvre pie jusqu'à prévoir la suite des romans dhôteliens.

Comment entreprendre moi-même le travail de sanctification matérielle, morale et immorale d'un romancier, poète et chroniqueur qui se voulait et demeurait l'homme le plus effacé du monde, un simple raconteur d'histoires. En lui, tout au fond de lui, renaissait Shéhérazade.

Le temps s'écoule doucement dans un parfum fugitif de dimanche, et les jeunes marronniers qui s'alignent de ce côté du fantôme de Rempart ne perdent qu'à peine encore leurs feuilles en forme de pattes d'oie (s'il faut plus ou moins se fendre d'une comparaison malhabile). Une petite fille ramasse une des plus larges feuilles, s'arrête à la contempler, puis la tenant à bout de bras, rejoint en courant son père en bonnet rouge qui se retourne et l'attend. Ce sont les seuls promeneurs, et c'est une vieille image rassurante.

Il faut mourir un jour. Cela aussi, à condition d'y arrêter sa pensée, est rassurant. Le scandale serait celui d'une vie interminable, dégradante et dénuée du moindre attrait, de l'heureuse incertitude qui fait de la surprise devant un instant de beauté le prix d'un moment, et la valeur de la mémoire. Or, le voici désarçonné de constater combien l'idée même du cancer devient vivifiante. Enfin l'ennemie ou l'amie la mort se déclare et le rassure. Il est mortel et conserve le droit de lutter pour la vie. « Il y a d'ailleurs, écrit

Saint-John Perse à son vieil ami Henri Hoppenot, quelque fierté intime à servir dans l'ingrat.». Il s'aperçoit à ce propos combien la découverte d'*Éloge*, des *Images à Crusoé*, d'*Anabase* a marqué d'un sceau secret sa mémoire. Il croyait l'avoir oublié, mais non. Il a suffi qu'il lise ces correspondances, comme les *Lettres à l'étrangère*, pour que le souvenir s'épanouisse.

Charles Juliet, dans le dernier tome paru de son *Journal*, intitulé *L'Apaisement*, revient sur *L'Amie*, l'ouvrage que Michèle Manceaux a consacré à Marguerite Duras, où elle recueille sa parole, et ceci: «Un écrivain n'est jamais coupé de son enfance. Il y puise tout.»

Et s'il ne s'agissait pour moi que d'encore et toujours «tuer le père»? Mais non, je n'ai pas eu à tuer le père. Il était mort bien avant ma naissance. Il n'a simplement pas *existé*. L'inconscient substitut auquel je me heurtais (comme à tous les adultes, à quelques exceptions près) n'avait pas de réalité à mes yeux. Qu'il soit là ou n'y soit pas, cela ne changeait rien.

Le père, c'était d'abord et en tout le grand-père – maternel, bien sûr, il n'en a pas eu d'autre –, monsieur Prins ensuite, Jean Jannin en Bourgogne, et quand ce dernier est mort, il y a une douzaine d'années, il n'a simplement plus eu de père.

En face du père supposé, il n'éprouvait que de l'indifférence, du mépris, de l'hostilité certes, mais rien, dans son esprit, ne correspondait à l'idée qu'il s'était faite d'un *père*. Il en avait conclu très vite, avec un «petit sourire» qu'il n'était que le fruit bâtard d'une immaculée conception.

Les pères, il se les est donc choisis. C'est à eux qu'il ressemble dans toutes leurs diversités, c'est eux qui l'ont *construit*. L'édifice peut-être n'est pas achevé. Lui-même a été un père absent, et il se le reproche, mais sans horreur. Coupable, cependant, mais il faut bien un jour s'absoudre de ses péchés. Renouer avec sa fille cadette (l'aînée, d'une autre mère, s'est suicidée en son *absence*, hélas), lier des liens avec ses petites-filles, dont l'aînée déjà étudie à l'université, devenir enfin – mieux vaut tard que jamais sans doute – le grand-père que peut-être inconsciemment elles attendaient. Car elles n'ont pas eu non plus de grand-père paternel. Elles furent élevées sans cette image suprafamiliale qu'est celle du grand-père, et cela le navre. Car lui d'abord les a manquées, comme il a dû, inconsciemment, leur manquer.

L'aînée, Enora, maintenant vient lui dire bonjour et passer une heure en sa compagnie, entre deux trains de banlieue, en revenant de ses cours, à la fin de la semaine. Et le voici devenu le grand-père qu'il n'a jamais été. C'était ce qui manquait encore à l'édifice de son être. Et qui laissait, à elle, inconsciemment sans doute, un vide dans la fondation de son être.

Je ne suis pas si mauvais, en fin de compte, pense-t-il. Il oublie volontiers que seules des circonstances – « indépendantes de sa volonté » – l'on contraint à revenir dans sa ville natale, qu'il avait désertée depuis si longtemps en la vouant aux gémonies. Il doit au cancer d'heureuses retrouvailles.

Du dimanche au lundi, le ciel n'a pas changé. Ni pluie, ni souffle de vent. Ce gris uniforme dont il se souvient très bien, et qui présidait à une vie antérieure, qu'il avait presque oubliée, dont il ne voulait pas se souvenir.

Sylvie va passer la semaine à Saint-Léger, et dans le village voisin d'Épagne, où vit sa maman octogénaire, seule depuis la mort de son mari dans la belle maison à colombages qui a plus de deux cents ans, demeure inconfortable et silencieuse, d'où émane un charme qui peut vraiment être qualifié d'intemporel.

Lui sera demain à l'hôpital, où il s'agira de déterminer les modalités d'une nouvelle forme d'agression chimique. Certains troubles même, dus aux métastases, comme le vacillement, cet état de fausse ébriété qui alimente l'angoisse, ont pratiquement disparu.

Tout est là-bas, à Saint-Léger, les livres, le bureau, le feu ouvert, l'évolution du ciel et des arbres du jardin, le cerisier centenaire, immense, qu'il voit de sa table par la fenêtre, les merles, les loriots, la vie.

La douleur constante ne le tenaille plus. Mais il la devine toujours proche, prête à se réveiller d'un sommeil douteux. La chimie va titiller à nouveau les organes sensibles, ranimer les métastases qui s'emploieront à se défendre, et la querelle en lui le laissera pantelant, sans défense (mais il se défend justement, à son insu même), ignorant tout des machinations cancéreuses, les éprouvant à l'aveugle, impuissant à dominer la fatigue du combat. Un combat dont l'issue n'est même pas incertaine. Au contraire. Mais il est exaltant de toute façon, et cela compte.

Les pies aussi se démènent là-bas, volant en quête de la clé symbolique d'un monde qu'elles parcourent deux à deux. Les papillons de nuit, obnubilés par une lumière qui leur est mortelle, si l'on ne prend garde à eux. La chouette et le hibou, chacun très éloigné de l'autre, dont le vol est un frottement de soie. Les collines douces, avec sur leur flanc exposé à l'est, quelques rangs de très vieille vigne accrochée aux échalas de bois brut, à l'ancienne, et qui donnent toujours un vin frais, clair et lumineux. La vigne s'endort et feint de mourir pour s'éveiller au printemps comme il se peut encore que je m'éveille.

La vigne en sommeil est torturée comme un vieux charpentier que l'hiver renvoie dans sa masure étonnante comme le château du facteur Cheval. Dans trois mois déjà, car nous approchons de la fin novembre, ce sera la taille d'hiver, et une fumée droite et blanche s'élèvera des arpents.

La neige peut-être, la bise sifflante au creux des cheminées, le froid insinuant mais sec, le silence crépitant des veillées. Vieilles images, toujours vivantes en certains rares replis des campagnes. La poésie d'Yves Leclair ou de Jean Follain, comme un baume sur les anciennes sentes déclives.

Un livre d'images que ne regarderont plus les enfants de demain, déjà ceux d'aujourd'hui sont contaminés par la raideur et les écrans qui séparent. Une ancestrale musique dont ils n'entendront plus que quelques notes portées par le hasard. « S'il n'y a pas de musique dans un livre, il n'y a pas de livre », dit Marguerite Duras.

Peut-être n'y aura-t-il plus de livres, bientôt.

Une musique clandestine s'élèvera encore des ultimes refuges de la vie. Des livres dépenaillés, lus souvent, seront là, derniers compagnons d'une franc-maçonnerie désuète et faible. Un titre attirera l'œil, *Sur une terre menacée*, de Marcel Arland.

Il s'agira dans ce livre d'une guerre lointaine, presque oubliée, où des hommes auront résisté, subi les horreurs du pire ennemi (croyait-on), redécouvert le principe moteur du refus de s'abaisser, de plier l'échine et de feindre de dormir d'un sommeil pernicieux.

D'autres livres parleront de ces temps lointains, si proches cependant. Seuls quelques réfractaires comprendront, et, qui sait ? mourront un livre entre les mains. Un vrai livre, aux caractères presque effacés, au titre à peine lisible, reconnaissable seulement grâce au nom de l'auteur, que l'on peut encore déchiffrer.

Ce sera, par exemple, *Déposition*, de Léon Werth, un volume couvert d'une rouille éteinte, et des pages seront annotées au crayon noir, dont les signes auront grisonné, ou *Si c'est un homme*, de Primo Levi, mais il faudra longtemps réfléchir au titre pour en comprendre la portée.

Je suis cet homme aussi, pensera le lecteur, et je ne sais pas trop pourquoi, ou je rêve de l'être. Je comprends et ne comprends plus, car le pire est bien l'espoir, comme il le fut hier, mais l'espoir s'éteint.

Personne ne saura plus définir ou commenter de quoi il s'est agi, sinon quelque centenaire, historien d'aventure, qui relèvera les constantes d'un univers défunt, tombé dans la fosse commune de l'espace.

L'homme lui-même est son pire ennemi. Et la lutte qu'il est en droit de mener contre lui-même a les allures de la plus dégradante des croisades. Cependant l'espoir reste chevillé au corps de l'individu, alors que l'humanité tout entière se consacre à son suicide accéléré.

Il aura mis très longtemps à accepter le «statut» d'écrivain, davantage encore celui de poète. Ce qui «sort de lui» ne le concerne qu'à peine. Tout juste s'il ne s'épouvante pas des qualités qu'on lui prête. Il se rassure en constatant combien, dans sa famille même, et chez ses proches, il est demeuré incompris. Ce constat lui donne cette sensation de «liberté envers et contre tout» qu'il n'a jamais cessé d'éprouver, pour le meilleur et pour le pire.

Il aimerait que ce qu'il écrit fasse penser à Beckett ou Pinget. Il est bien loin du compte. Son désir serait de perpétuer les monologues de ces deux écrivains qu'il n'a jamais fini de fréquenter en grand secret. Il se voit lui-même, par exemple, comme une espèce de *Monsieur Songe* en qui la parole serait étouffée, voire interdite. Ou bien l'on attendrait Godot, ou la mort qui lentement, inexorablement, étreint l'être, le désarticule (comme elle désarticule la parole) et l'enterre enfin dans le plus grand silence. Écrire, à ses yeux, exige de n'envisager que ce silence.

Un journaliste a noté que son dernier livre était « magnifique ». Il lui en est évidemment reconnaissant, mais les raisons de son emballement lui échappent. Il espérait plutôt (s'il y a quoi que ce soit à espérer) que l'on s'attache à remarquer la qualité de silence harmonieux d'un livre ou l'autre. En somme que l'on admette qu'il n'y a pas autre chose au bout du compte que la lente approche de ce silence. Ce silence qui l'encombre, au demeurant, et cherche paradoxalement à s'exprimer. En musique, sans les silences, il n'y a que cacophonie.

Le silence en réalité ne lui cause aucun effroi, même s'il a pu prétendre le contraire. Ce silence pascalien ne le déroute ni ne l'angoisse. Au contraire, il règne en lui comme un souverain fantôme.

Je tiens au silence comme la peau tient à la chair, se dit-il. Ensuite il éclate de rire. Car son affaire n'est pas non plus de philosopher. Ni d'écrire des romans, sauf s'il est admis qu'ils ne sont que la quête sans cesse renouvelée du silence.

Ou alors, le roman ne se conçoit plus à ses yeux que comme cette vaine « recherche du temps perdu » qui, sous la galanterie du langage, ne tend à rien d'autre qu'à éprouver la profondeur d'une disparition, qui est la plus élégante et la plus terrifiante forme de poursuite d'un silence intemporel et absolu. Que Proust ne l'ait pas résolument exprimé, ce n'était pas nécessaire puisque l'œuvre témoigne exclusivement de cette quête absurde et nécessaire, comme lui-même en son logis feutré voulait à tout prix ne s'entourer que de silence.

Je ne sais à quoi je souhaite en venir sinon à cet indéfinissable état d'absence de tout bruit à l'extérieur comme à l'intérieur de moi-même, afin de... quoi donc ? D'accueillir la mort et en quelque sorte de lui faire place nette.

Les papiers utilisés dans cet ouvrage
sont issus de forêts responsablement gérées.

*Mis en pages par DV Arts Graphiques à La Rochelle*
*Imprimé en France par Soregraph*
Dépôt légal : juin 2014
N° d'édition : 4008 – N° d'impression : 13901
ISBN 978-2-7491-4008-7